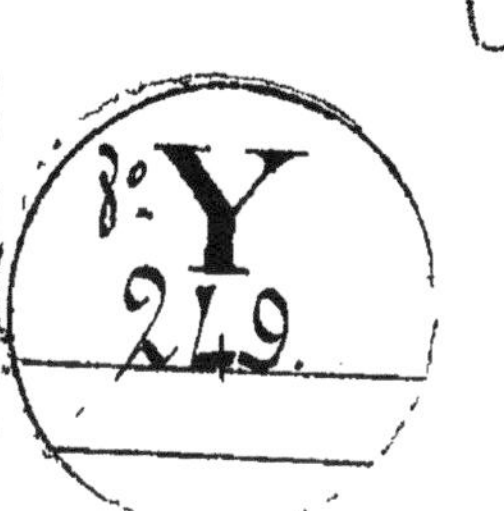

MAX NORDAU

Le droit d'aimer

TRADUIT DE L'ALLEMAND

PAR M. ALBERT BLOCH

ÉDITIONS DE LA

REVUE D'ART DRAMATIQUE

5, RUE ROUGEMONT, PARIS.

Théâtre étranger I

Le droit d'aimer

COMÉDIE EN QUATRE ACTES

Cette comédie a été représentée, pour la première fois,

à Berlin, en 1894.

PERSONNAGES

M. JOSEPH WAHRMUND, commerçant
Mme BERTHA WAHRMUND, sa femme
Mme FRIDORP, mère de Bertha.
BETZY, 7 ans } enfants de Wahrmund et Bertha
LOUISE, 5 ans } enfants de Wahrmund et Bertha
OTTO BARDENHOLM, substitut.
Dr BUTTNER.
Mme BURKHARDT, peintre.
LÉNA, femme de charge de Mme Fridorp.
MINNA, bonne chez les Wahrmund.
LA GOUVERNANTE DES ENFANTS.

La scène, au premier acte, à Heringsdorf; ensuite, à Berlin, de nos jours.

ACTE PREMIER

Vérandah devant la maison de Wahrmund, à Heringsdorf. Le mur du fond et celui de gauche sont vitrés à mi-hauteur. Par le mur du fond on voit la mer; par celui de gauche, une partie de la plage et des dunes. Au milieu du mur du fond est la porte d'entrée, à laquelle on accède de dehors par trois marches. A droite, une porte qui conduit aux appartements de la villa. A droite, au fond, dans le coin, une table ronde; à droite, en avant, une table carrée. A gauche, quelques chaises et des fauteuils.

SCÈNE PREMIÈRE

MINNA, WAHRMUND

MINNA, *un torchon à la main, fait le ménage.*

WAHRMUND

(*Il essaie d'ouvrir du dehors la porte d'entrée, puis il frappe aux carreaux.*)

Minna! Minna!

MINNA, *crie.*

Voilà, voilà ! Je viens.

(*Elle va vite à la porte et l'ouvre.*)

WAHRMUND, *entrant.*

Voyons, nom d'un chien ! qui donc a encore fermé cette porte ? J'ai pourtant dit que, pendant le jour, il fallait toujours la laisser ouverte !

MINNA, *rangeant les chaises.*

Monsieur l'a dit ; mais Madame a commandé de la laisser fermée !

WAHRMUND

(*Il pose son chapeau et son ombrelle sur la table ronde.*)

Toujours la même histoire ! On ne peut jamais faire ce que l'on veut. Il n'est rien venu de Berlin ?

MINNA

Si, Monsieur ; une caisse.

(*Elle va la prendre sur la table carrée.*)

WAHRMUND

Ah ! Très bien !

MINNA

Faut-il l'ouvrir ?

WAHRMUND

Non, je m'en charge.

(*Il tire un couteau de poche.*)

MINNA

Je vais chercher un couteau de cuisine.

WAHRMUND

Ce n'est pas la peine. Elle est très légèrement clouée. Mais apportez-moi un grand verre d'eau.

MINNA

(*Elle sort par la porte de gauche.*)

WAHRMUND

(*Il fait sauter, avec son couteau, le couvercle de la caisse.*)

J'avais déjà peur d'un retard. Crac! voilà la lame cassée. Enfin, n'importe! Pourvu seulement que cela fasse plaisir à Bertha!

MINNA

(*Elle revient avec un verre d'eau.*)

WAHRMUND

(*Il enlève le couvercle.*)

Voilà. Elles sont bien fraîches. Mettez le verre sur la table. (*Il sort de la caisse un gros bouquet de gypsophila et le place avec soin dans le verre, après avoir enlevé les feuilles de papier qui l'enveloppent. Il donne le papier à Minna.*) Allez jeter cela.

MINNA

(*Elle sort.*)

WAHRMUND

(*Il enlève son chapeau et son ombrelle de la table ronde, sur laquelle il ne reste plus que le bouquet, et va les porter sur la table carrée. Là, il regarde le courrier, trois lettres et deux journaux. Il remet une des lettres sur la table, prend les journaux sous son bras, après en avoir fait sauter les bandes ; il ouvre les deux lettres, les parcourt rapidement, et les met dans sa poche, quand entrent Bertha et Bardenholm.*)

SCÈNE II

WAHRMUND, BERTHA, BARDENHOLM

(*Bertha entre par la porte de droite. Bardenholm la suit.*)

BERTHA

Ah ! il va encore faire chaud aujourd'hui !

(*Elle s'assied sur un fauteuil à gauche, et s'évente avec son mouchoir.*)

BARDENHOLM

Nous avons marché vite. Et c'est fatigant, de marcher dans le sable.

BERTHA

(*Elle a enlevé son chapeau, et se lève pour le ranger.*)

BARDENHOLM

Oh ! Pardon !

(*Il prend vite le chapeau et va le mettre sur la table ronde.*)

BERTHA, *regardant par les vitres, elle se tourne un peu et dit à Wahrmund.*

Pas de lettres ?

WAHRMUND

Si. Une... de maman.

(*Il la lui tend.*)

BERTHA

(*Elle la prend, sans regarder Wahrmund, et l'ouvre.*)

WAHRMUND, *debout, près d'elle.*

Eh bien ? Qu'est-ce que maman écrit ? Elle va bien ? Vient-elle ?

BERTHA, *peu aimable.*

Comment veux-tu que je le devine ? Il faut bien que je lise.

WAHRMUND, *à mi-voix, à Bardenholm.*

Ma femme a encore ses nerfs, aujourd'hui.

BARDENHOLM

C'est pourquoi il faut la traiter avec plus de délicatesse encore. Michelet l'a dit : la femme est une éternelle blessée.

WAHRMUND

Michelet est un imbécile.

BARDENHOLM

Oh ! oh ! Michelet est une âme de poète, aux sentiments délicats.

WAHRMUND, *gai et railleur.*

Oui, si vous voulez : c'est la même chose.

BERTHA, *mettant la lettre dans sa poche.*

Maman te fait ses amitiés ; elle va bien, mais elle est trop paresseuse pour venir ici.

WAHRMUND

Ah ! Comme elle voudra. C'est toi qui avais eu cette idée. Je pensais bien, moi, qu'un séjour à la mer ne vaudrait rien pour ses rhumatismes.

BERTHA

Naturellement. Tu es toujours d'un avis contraire au mien.

WAHRMUND

Allons, Bertha, laissons cela ; ne nous fâchons pas pour si peu. Mais, où laisses-tu donc encore traîner ton chapeau ?

BARDENHOLM

(*Il s'est empressé de chercher un tabouret, le met aux pieds de Bertha. Il se redresse.*)

Pardon, pardon ! il n'y avait pas le moindre grain de poussière sur la table quand je l'y ai posé. Je fais grande attention à tout ce qui vous appartient, chère Madame.

BERTHA, *sèchement.*

Il me semble que tu ferais bien mieux de t'occuper de ce qui te regarde.

WAHRMUND, *aimable.*

Voilà encore que tu te montes ! C'était pour te faire regarder par-là !

BERTHA

(*Elle regarde du côté de la table ronde. Elle se dresse vite et y court.*)

Oh ! que c'est charmant ! C'est vraiment trop aimable ! (*Elle prend le bouquet et le regarde.*) Mais qui donc vous a dit que les gypsophila sont mes fleurs préférées ?

BARDENHOLM

(*Il hésite.*)

A moi ? Mais...

BERTHA

Vous avez dû le faire venir de Berlin ! Ici on ne trouve pas de pareils bouquets.

BARDENHOLM

Malheureusement, il ne vient pas de moi... je le regrette.

BERTHA, *étonnée.*

Pas de vous ? Mais de qui donc...

WAHRMUND, *souriant.*

C'est donc bien difficile de deviner...

BERTHA, *désappointée.*

Toi ?

(*Elle remet le bouquet à sa place et revient à son fauteuil.*)

WAHRMUND, *souriant.*

Te plairait-il donc moins, maintenant ?

BERTHA, *susceptible.*

Voyons, je t'en prie ! Je te remercie toujours de l'attention. Mais quelle idée t'est venue là ?

WAHRMUND.

Tu ne sais donc pas quel jour nous sommes, aujourd'hui ?

BERTHA

(*Elle le regarde.*)

Lundi.

WAHRMUND

Non, je veux dire quelle date ?

BERTHA, *étonnée.*

Le deux août. (*Après un instant de réflexion.*) Ah ! bien, j'y suis !

WAHRMUND, *à Bardenholm.*

L'anniversaire de notre mariage.

BERTHA, *avec un sourire forcé.*

C'est une histoire si ancienne !

WAHRMUND

(*Il se dirige vers elle et veut l'embrasser ; avec galanterie.*)

Pour moi, elle est toujours nouvelle.

BERTHA

(*Elle le repousse.*)

Qu'est-ce qui te prend ? Tu sais bien que je n'aime pas les épanchements.

WAHRMUND, *reculant.*

Il n'en a pas toujours été ainsi ! Il y a aujourd'hui huit ans, quand nous avons pris le train de nuit pour Munich, la lune illuminait le wagon. Nous ne dormions pas !...

BERTHA

Ne sois donc pas si vulgaire !

WAHRMUND

Ne crains rien : je ne te compromettrai pas.

BARDENHOLM (*pendant ce temps il a examiné le bouquet.*)

Quelles charmantes fleurs ! Comment les appelez-vous ?

BERTHA

Des gypsophila.

WAHRMUND

Et en Tyrol.... Le soir, au chalet, quand tu entendais dans le lointain tinter les clochettes des vaches... Te souviens-tu comme tu devenais sentimentale ?

BERTHA

Je ne me souviens de rien.

WAHRMUND

Ta-ta-ta ! Tu dis cela... mais des instants comme ceux-là ne s'oublient jamais.

BERTHA

Je ne me souviens plus que d'une chose, c'est que, pendant tout le voyage, je pensais constamment à ma mère.

WAHRMUND

Merci. C'est très flatteur pour moi. (*A Bardenholm.*) Si j'ai un conseil à vous donner, mon cher substitut, ne vous mariez pas. Croyez-moi : ne vous mariez pas.

BARDENHOLM

Mais ce n'est pas votre exemple qui serait fait pour m'en dissuader. Si on était sûr d'avoir la même chance que vous...

WAHRMUND

Oui, oui. Vu de haut et de loin, tout paraît plus beau.

BERTHA

C'est cela, plains-toi. Tu sais, si tu aspires à la liberté...

WAHRMUND

Bravo! Voici que tu me mets maintenant le marché en main. Belle manière de fêter l'anniversaire d'aujourd'hui!

BARDENHOLM

Vous avez le culte des dates, Monsieur Wahrmund?

WAHRMUND

De certaines dates, tout au moins.

BARDENHOLM

Cela vient de la sainte horreur des 15 et des fins de mois. C'est une habitude de commerçant.

BERTHA

Une habitude de bourgeois!

WAHRMUND

Bourgeois! Commerçant! Parce que j'ai traduit en prose le vers de Schiller :

Ah! puisse ce jour rester éternellement fleuri!

Ah bien! alors!

BERTHA, *détournant l'entretien.*

Regardez donc... Encore un individu qui va tirer sur les mouettes. C'est honteux. On ne devrait pas permettre ces barbaries!

BARDENHOLM

(*Il s'approche d'elle.*)

Ne seriez-vous pas quelque peu intolérante, chère Madame? Ces pauvres citadins! Ils viennent ici, éreintés, pour rendre un peu de ressort à leurs nerfs détraqués : pourquoi leur enlever le peu de plaisir qu'ils trouvent à cette chasse?

WAHRMUND

(*Il s'est dirigé vers le bouquet, sur lequel il passe la main ; puis il s'asseoit sur une chaise, et déplie un journal ; de temps à autre, il jette un coup d'œil sur Bertha et Bardenholm.*)

BERTHA

Fi! Vous n'avez pas de cœur! N'avez-vous pas pitié de ces pauvres oiseaux ? Ils donnent tant de vie et de charme au paysage, quand ils se balancent dans les airs ou qu'ils glissent sur l'eau ! Pourquoi ne pas laisser ces jolies petites bêtes jouir de l'existence ?

BARDENHOLM, *riant.*

Chère Madame, vous êtes adorable, avec votre naïf égoïsme !

BERTHA

Égoïste, moi ! En défendant les mouettes contre leurs méchants bourreaux !

BARDENHOLM

Mais certainement, Madame. C'est, tout au moins, un égoïsme inconscient. Vous vous faites l'avocat de la mouette, non pas par amour pour elle, mais par amour pour vous. Elle vous cause un plaisir. Vous aimez à voir son vol gracieux, sa pittoresque tache blanche sur le bleu pâle du ciel et le bleu foncé de la mer.

BERTHA

Est-ce mal ?

BARDENHOLM

Pas du tout : l'égoïsme n'est jamais un mal. Pour moi, un sain égoïsme est naturel et légitime. Quel est le but de notre vie ? Nous procurer la plus grande quantité possible de sensations agréables. Mais vous oubliez ceci : le chasseur éprouve à chasser les mouettes tout autant de plaisir que vous à les regarder voler à tire d'ailes.

BERTHA

Le monde n'est pas exclusivement fait pour les chasseurs.

BARDENHOLM

Il n'est pas non plus exclusivement fait pour vous, chère Madame. C'est la lutte d'un égoïsme contre un autre égoïsme, et c'est le plus fort qui a raison.

BERTHA

C'est le plus fort qui a le dessus.

BARDENHOLM

Avoir le dessus ou avoir raison, c'est la même chose.

WAHRMUND

Moi, vous savez, je ne considère pas les choses de si haut, à un point de vue si philosophique, mais pratiquement. Et alors, tirer sur des mouettes me semble un plaisir licite.

BARDENHOLM, *avec ironie.*

Est-ce parce que les mouettes n'ont pas de valeur marchande ?

WAHRMUND

Non, parce que les chasseurs de plage ne les touchent jamais.

SCÈNE III

LES PRÉCÉDENTS, MADAME BURKHARDT, LE DOCTEUR BUTTNER

MADAME BURKHARDT

(*Elle apparaît à la porte de la vérandah qu'elle ouvre à moitié. Elle est habillée avec un élégant laisser-aller. Ample blouse de soie rouge, cravate bleue à bouts flottants, toque de velours sur les cheveux frisés et coupés courts.*)

On peut entrer ?

BERTHA

(*Elle se lève et va à sa rencontre.*)

Certainement, chère Madame, entrez donc.

MADAME BURKHARDT

(*Elle entre tout à fait.*) Bonjour. (*Elle tend la main à Bertha. Wahrmund s'incline, sans se lever, et continue à lire son journal. Par la porte ouverte de la vérandah arrive le docteur Büttner; il salue. Bardenholm lui tend la main. Il s'approche de Wahrmund, qui lui tend un doigt. Madame Burkhardt à Bertha.*) Vous avez déjà fait une marche militaire aujourd'hui, à ce que j'ai vu tout à l'heure.

BERTHA

Oui. Nous sommes montés jusqu'au sommet des dunes, et nous nous sommes fatigués selon toutes les règles. (*A Madame Burkhardt.*) Vous avez sans doute passé votre temps à des occupations moins militaires ?

MADAME BURKHARDT

J'ai travaillé un peu.

BERTHA

Où en êtes-vous de votre coucher de soleil ? Il promet d'être très beau.

MADAME BURKHARDT

Il avance, j'ai encore quelques coups de pinceau à donner.

BERTHA

Vous ne vous asseyez pas un instant ?

MADAME BURKHARDT

Non, merci. — Je m'en vais tout de suite.

BERTHA

Rien qu'un instant !

MADAME BURKHARDT

Puisque vous le voulez absolument...

(*Elle s'assied. Bertha en fait autant.*)

BUTTNER

Y a-t-il quelque chose d'intéressant aujourd'hui, dans les journaux, M. Wahrmund ?

WAHRMUND, *froidement.*

Je crois que nous ne nous intéressons pas aux mêmes sujets. Si vous voulez le journal...

BUTTNER

Merci bien ! Je suis trop content, ici, de ne pas être obligé d'en lire.

(*Il cause avec Bardenholm.*)

MADAME BURKHARDT, *à Bertha.*

Il est temps d'aller se mettre à l'eau. Venez-vous, Madame Wahrmund ?

BERTHA

Non ; je ne me baignerai pas aujourd'hui.

MADAME BURKHARDT

Ah ! C'est dommage ! Me voici forcée de faire la sirène toute seule. C'est trop ennuyeux ! Oh non ! On ne m'y prendra plus jamais à un bain de mer allemand. C'est trop bête, cette séparation des sexes ! Vive Ostende ou Trouville !

BERTHA

Mon mari n'a jamais voulu y aller avec moi.

MADAME BURKHARDT

Il préfère sans doute y aller seul.

WAHRMUND

Vous vous trompez, Madame. Je n'ai aucun goût pour les mœurs dissolues.

MADAME BURKHARDT

Mœurs dissolues! Parce qu'on peut rester avec ses amis dans la vague? Parce que les femmes ont le droit de s'entourer de défenseurs robustes et attentifs? Vous qui êtes un nageur et un plongeur renommé, ne regrettez-vous pas de ne pouvoir pas accompagner votre femme dans la mer?

WAHRMUND

La plupart des gens ne vont pas à Trouville ou à Ostende pour accompagner dans l'eau leur femme légitime.

MADAME BURKHARDT

Admettons que ce ne soit pas la femme légitime! Où est le mal? Ne dansons-nous pas avec des hommes qui nous sont étrangers? Et ne sommes-nous pas plus déshabillées en robe de bal qu'en costume de bain?

WAHRMUND

Avec vos idées, chère Madame, Kameroun doit vous plaire encore plus que Trouville ou Ostende.

MADAME BURKHARDT

Pourquoi cela?

WAHRMUND

Parce que là-bas, mâles et femelles se gênent encore moins aux bains de mer: ils les prennent sans costume de bains. C'est là sans doute votre idéal?

MADAME BURKHARDT

En cela vous vous trompez beaucoup, mon bon monsieur Wahrmund. Chez les sauvages, cela peut encore passer. Mais les gens civilisés, nus, sont vraiment trop laids!

WAHRMUND

Alors, s'ils étaient suffisamment beaux, vous n'y verriez pas d'inconvénient?

MADAME BURKHARDT

Pas le moindre.

WAHRMUND

Eh! bien, je ne saurais atteindre à une telle absence de préjugés. Et ne prenez pas mal ma franchise : je ne l'apprécie pas chez les autres non plus.

BERTHA

Mon mari a des idées si ridiculement étroites sur ces choses-là!

WAHRMUND

Dieu merci!

MADAME BURKHARDT

Ne vous en laissez pas conter, chère Madame Wahrmund. Ces Messieurs se donnent des airs. Hommes et femmes, ensemble, dans l'eau, fi donc! quelle inconvenance! Mais nous guetter pendant des heures étendus sur les dunes, et de là-haut nous guigner avec leurs jumelles! A la bonne heure! Leur sévère morale ne leur défend pas cela.

WAHRMUND

Cela ne m'atteint pas, car moi...

MADAME BURKHARDT

Évidemment. Je parle d'une façon générale, tout simplement pour vous prouver que dans cet exemplaire pays des bonnes mœurs et de la crainte de Dieu, on ne vaut pas mieux qu'à Trouville et à Ostende. On est seulement plus hypocrite et plus onctueux. Moi, je suis pour la franchise! (*Elle se lève.*) Alors, puisque vous ne pouvez pas m'accompagner (*Bertha fait de la main un geste de regret*), je vais toute seule rejoindre nos anges de vertu. A tantôt.

(*Elle sort. Büttner, après avoir salué, la suit.*)

SCÈNE IV

WAHRMUND, BERTHA, BARDENHOLM

WAHRMUND

La franchise! Elle est pour la franchise! Moi, j'appelle cela de l'impudence!

BERTHA, *violemment.*

Comment peux-tu employer une semblable expression!

WAHRMUND

Tu ne vas pas prendre parti pour cette femme! Je l'ai en horreur.

BERTHA

Tu le lui montres assez clairement. Tu t'oublies jusqu'à être mal élevé avec cette dame.

WAHRMUND

Eh bien, elle ne viendra plus. Beau malheur!

BERTHA

Je le regretterais. Elle est jolie, spirituelle, pleine de talent. Je suis heureuse, moi, d'avoir fait sa connaissance.

WAHRMUND

J'espère que nos relations cesseront quand nous serons partis d'ici.

BERTHA

Tu vas peut-être me défendre de la voir?

WAHRMUND, *d'un ton sérieux.*

Ma chère amie, tu n'es pas une enfant et je n'ai rien à te défendre. Mais, tu dois le comprendre toi-même, la société de cette femme n'est pas convenable pour toi.

BARDENHOLM

Excusez-moi, si je me mêle à votre échange d'idées, mais...

WAHRMUND

Eh bien oui! dites : n'êtes-vous pas aussi d'avis...

BARDENHOLM

Pardon, c'est moi qui vous ai mis en rapports avec elle. Vous êtes trop sévère pour Madame Burkhardt, je crains...

BERTHA

Tu es injuste et malveillant.

BARDENHOLM

C'est une artiste réputée.

WAHRMUND

C'est aussi une femme réputée... et si mal!

BARDENHOLM

Oh! mon Dieu! Il faut concéder aux artistes le droit à une philosophie un peu libre de la vie.

WAHRMUND

Hem! Oui, je sais : c'est là ce que disent toutes les femmes dévergondées qui tapent du piano ou qui barbouillent.

BARDENHOLM

Madame Burkhardt ne peint pas en amateur.

WAHRMUND

Je n'en disconviens pas! mais je ne crois pas que ses tableaux soient meilleurs parce qu'elle fume, qu'elle tient des propos lestes, et qu'elle traîne partout, comme un caniche, son amant derrière elle.

BARDENHOLM

La création artistique suppose une certaine exaltation des sentiments et de l'imagination, et cela exclut, il me semble, la vie platement honnête du pot-au-feu.

WAHRMUND

Tiens! Pourtant, à ce que je me rappelle, la patronne de la musique était une sainte, et quelques-uns des peintres les plus fameux de la Renaissance — leurs noms m'échappent en ce moment — étaient des moines.

BARDENHOLM

La morale n'est qu'une convention. Le monde est en réalité très indulgent pour la vie sentimentale plus vibrante et l'imagination plus ardente des artistes. Le code de la morale comporte pour eux des cas d'exception. On n'est donc pas autorisé à qualifier d'immoral chez eux ce qui le serait chez les autres.

BERTHA

Madame Burkhardt est reçue dans les meilleures maisons.

WAHRMUND

Oui, chez des gens qui se disputeraient Pranzini, pour peu qu'il fût à la mode.

BERTHA

Pranzini! — Non, vraiment, c'est révoltant, une artiste de tant de talent!

WAHRMUND

Eh, mon Dieu! J'admettrai même que ce soit un Raphaël en jupons. Je n'en affirmerai pas moins que cela ne l'autorise pas à causer un scandale public.

BERTHA

Scandale public! C'est bien cela. Et à cela elle a répondu à l'avance. Vous voulez l'hypocrisie et l'onction. Son crime est de ne pas dissimuler.

WAHRMUND

Certainement. C'est là son crime. Et il est grave. Ses sales histoires avec son docteur Büttner ne regardent qu'elle-même et sa famille. Elles ne me regardent en rien, aussi longtemps qu'elle s'en cache comme il convient. Mais aussitôt qu'elle étale ces sales histoires en plein jour, devant tous les yeux, alors elles me regardent. Elles me causent un préjudice personnel, en rendant hésitante, par exemple, ma femme dans ses sentiments de moralité.

BERTHA

C'est une crainte que tu n'as pas besoin d'avoir. Je sais fort bien ce que je dois penser de Madame Burkhardt.

WAHRMUND

Ah ! Eh bien...

BERTHA, *irritée.*

Je pense que c'est une femme courageuse. Elle aime un homme et elle a le courage d'avouer son amour. Elle pourrait se donner des airs de vertu tout aussi bien que toutes les belles Madames du monde qui pèchent en secret et dont les sales histoires ne te regardent pas, comme tu dis. Mais elle dédaigne l'hypocrisie. Elle a trop de fierté pour jouer cette comédie par égard pour les autres.

WAHRMUND

Ah ça, Bertha ! Tu oublies donc que cette femme est mariée ?

BERTHA

Je ne l'oublie pas ! Son mari est un pantin dégoûtant, un épais philistin, qui ne comprend pas une pareille femme.

WAHRMUND

Il n'est pourtant pas bien difficile de comprendre ce que veut une pareille femme !

BERTHA

Non. Elle ne veut que sa part des joies de la vie. Elle veut de l'amour et du bonheur: c'est le premier, le plus sacré des droits de toute créature.

WAHRMUND

Mon cher substitut, qu'allez-vous penser en entendant ma femme parler ainsi !

BARDENHOLM

Je pense simplement que Madame Wahrmund se laisse entraîner par sa générosité naturelle et prend, peut-être un peu trop agressivement, parti pour la dame accusée.

BERTHA

Comment, Monsieur le substitut, vous n'êtes pas de mon avis ?

BARDENHOLM

Si, c'est-à-dire que...

WAHRMUND

Ah ! je suis curieux de vous entendre...

BARDENHOLM

Le fait est que Madame Burkhardt est peut-être, en effet, un peu imprudente. Elle pourrait faire des concessions aux mœurs régnantes.

BERTHA

C'est cela. Dissimuler, se cacher, mentir...

WAHRMUND

Pour moi, dans le vice, la discrétion est une circonstance atténuante.

BERTHA

Bravo. Voilà tout le résumé de votre morale de philistins.

WAHRMUND

Je voudrais bien un peu connaître la tienne.

BERTHA

Je n'en fais pas mystère. Le premier commandement est d'écouter la voix du cœur.

WAHRMUND

Et les dix commandements, qu'en fais-tu ?

BARDENHOLM

Ils ne sont pas *fin de siècle !*

BERTHA

Madame Burkhardt aime le docteur Büttner.

WAHRMUND

Alors, qu'elle quitte son mari et épouse Büttner. Ce n'est pas pour autre chose qu'on a inventé le divorce.

BERTHA

Peut-être son mari ne peut-il pas se passer d'elle. Peut-être accepte-t-il tout, pourvu qu'il la garde, ou peut-être est-ce par pitié qu'elle reste avec lui.

BARDENHOLM

Ces choses-là arrivent.

WAHRMUND

Ce qui arrive bien plus souvent, c'est que le pauvre mari a une confiance aveugle en sa femme, et qu'elle le trompe indignement. Mais, après tout, qu'ils aillent se faire pendre, Madame Burkhardt et son docteur Büttner! Ce qui me fait de la peine, c'est que tu parles des droits de cette dévergondée. Quand on est mariée, qu'on a des enfants, on n'a qu'un droit, celui de rester fidèle à la foi et au devoir jurés.

BERTHA

Mais c'est monstrueux ! Alors, parce qu'une femme a le malheur d'être mariée...

WAHRMUND

Il est probable qu'elle a vivement recherché ce malheur.

BERTHA

Elle doit cesser d'être une créature qui pense et qui sente ; elle ne peut plus avoir ni cœur, ni cerveau, elle doit n'être plus qu'une chose...

WAHRMUND

C'est bon. Voici les enfants. Laissons ce sujet devant eux.

SCÈNE V

LES MÊMES, BETZY, LOUISE, LA GOUVERNANTE.

BETZY ET LOUISE

(*Elles entrent par la porte de droite, sur le seuil de laquelle reste l'institutrice. Louise va à Bardenholm, qui la prend sur ses genoux et la caresse.*)

BETZY, *à Bertha.*

Maman, tu nous permets d'aller chercher des coquillages ?

BERTHA

Oui, ma chérie.

(*Elle l'embrasse.*)

BETZY

(*Elle s'en va. Au milieu de la vérandah, elle s'arrête.*)

Tu nous permets d'aller nu-pieds ?

BERTHA

Oui, ma chérie.

BETZY (*joyeuse, elle bat des mains, court à une chaise, s'assied et fait le geste de retirer ses bottines.*)

BERTHA

(*Elle se lève vite et court à l'enfant.*)

Pas ici, voyons! Fi, la petite fille désordonnée! Venez, je vais vous ôter vos bas et vos souliers.

(*Elle sort avec les deux enfants par la porte de droite.*)

SCÈNE VI

WAHRMUND, BARDENHOLM

BARDENHOLM

Les ravissants enfants!

WAHRMUND

Oui. Avec deux frais visages comme ceux-là dans la maison, on sait au moins pourquoi l'on vit!

BARDENHOLM

Vous voyez bien qu'on doit se marier!

WAHRMUND

Ah! si l'on veut avoir des enfants. Mais il faut bien se persuader d'une chose : une fois qu'on a des enfants, il faut tout leur sacrifier, son égoïsme, sa liberté, ses goûts, tout enfin, et il faut considérer leur bien-être comme une compensation suffisante de tous les sacrifices qu'on leur fait. Si l'on ne peut s'en contenter, on a tort de mettre des enfants au monde.

SCÈNE VII

LES MÊMES, BERTHA

BERTHA

(*Elle rentre, tenant à la main un métier à broder ; derrière elle arrivent les enfants, pieds nus. Ils courent joyeux à travers la vérandah et sortent par la porte du milieu. La gouvernante les suit.*)

BERTHA, *les appelant par la porte.*

Mais ne marchez pas dans l'eau. Restez bien gentiment sur le sable. Et soyez de retour à une heure.

(*Elle revient vers une chaise.*)

BARDENHOLM

(*Il suit des yeux les enfants.*)

WAHRMUND

Tu n'aurais pas dû laisser les enfants sortir seules.

BERTHA

Mais Mademoiselle est avec elles.

WAHRMUND

Elle est un peu empotée. Tu ne devrais pas t'en rapporter entièrement à elle.

BERTHA

C'est cela : tu vas maintenant me donner une leçon de maternité.

WAHRMUND, *après un instant de silence.*

Sais-tu ? Cela m'ennuie tout de même que ta mère ne vienne pas.

BERTHA

Tout d'un coup ?

WAHRMUND

Oui. Elle aurait peut-être fait disparaître ta mauvaise humeur !

BERTHA

Et à qui la faute, si je suis de mauvaise humeur ?

WAHRMUND

Allons, c'est bien ! (*Il se lève, va à Bardenholm, et suit les enfants du regard. Après un nouveau silence.*) Je ne suis pas tranquille. Je vais aller les surveiller.

BERTHA

Libre à toi.

WAHRMUND

(*Il prend son chapeau et son ombrelle. En partant, il frappe sur l'épaule à Bardenholm.*) Ne vous mariez pas, mon cher substitut; croyez-moi, ne vous mariez pas. (*Il sort.*)

SCÈNE VIII

BARDENHOLM, BERTHA

BARDENHOLM

(*Il crie à Wahrmund.*) Pas de danger, mon cher monsieur Wahrmund ! (*Il le suit un instant des yeux, puis il approche sa chaise de celle de Bertha, qui a commencé à broder, et s'asseoit. Après une petite pause, pendant laquelle il la contemple.*) Vous avez invité votre mère à venir ici ?

BERTHA, *sans lever les yeux.*

Oui.

BARDENHOLM

Méchant ange que vous êtes! Nous n'eussions plus été un instant seuls !

BERTHA

C'est précisément pour cela.

BARDENHOLM

Mais pourquoi ne pas vouloir me laisser ces courts instants de bonheur ?

BERTHA

J'ai peur.

BARDENHOLM

Peur ? de moi ?

BERTHA

De vous. De moi.

BARDENHOLM

Avons-nous jamais fait quelque chose de mal ?

BERTHA

Oh non ! Cela, jamais.

BARDENHOLM

Cela fait-il tort à quelqu'un si quelquefois, pendant le jour, je m'asseois sur le sable à vos pieds et vous fais la lecture, ou si le soir je me promène avec vous le long des dunes, admirant en silence la mer qui scintille sous les rayons de la lune, et sentant à mon bras la douce chaleur de votre bras ? N'est-ce pas là un charme bien doux ?

BERTHA

Trop doux; trop dangereusement doux. (*Un court silence.*) Je me suis souvent proposé de vous dire : Bardenholm, partez. Quittez Heringsdorf. Je crois bien des fois avoir la force de vous le demander : le matin, en me levant, avant de vous avoir vu. Puis vous venez, vous me parlez et une fois encore je ne le puis plus! Bardenholm, vous devriez le faire de vous-même, vous devriez avoir pitié de moi.

BARDENHOLM

Ayez, vous-même, pitié de moi. Je vous aime, Bertha.

(*Il s'approche tout près d'elle et lui prend la main.*)

BERTHA

(*Elle retire vivement sa main.*) Un peu moins près! (*Bardenholm s'asseoit en soupirant un peu plus loin.*) Vous ne devez pas me dire cela, Bardenholm.

BARDENHOLM

Et pourtant, tout à l'heure, vous défendiez avec tant d'éloquence le droit qu'a toute créature au bonheur et à l'amour! Vous étiez enivrante, j'aurais voulu m'agenouiller devant vous et baiser vos jolis pieds.

BERTHA

Quand je parle ainsi, je cherche en réalité à me convaincre moi-même. Je n'y ai pas encore tout à fait réussi.

BARDENHOLM

Vous, dont la pensée est si indépendante, dont le jugement est si personnel, l'âme si libre et si haute, vous vous laissez ainsi dominer par des préjugés?

BERTHA

Des préjugés..., je pourrais les vaincre, je crois. Ce n'est pas cela.

BARDENHOLM

Qu'est-ce donc alors?

BERTHA

Je ne peux pas mentir, je ne peux pas dissimuler. Je ne puis rien faire en secret dont j'aie à me cacher devant les autres.

BARDENHOLM

C'est là une qualité exquise, mais il ne faut pas l'exagérer. Nous vivons dans une société de philistins imbéciles et d'hypocrites. Si nous heurtons de front ses préjugés, elle nous écrase. Elle est tellement plus forte que nous ! C'est un combat loyal que d'employer les seules armes que nous ayons contre ce monstre à mille yeux, à mille langues, à mille poings : un peu de savoir-faire, un peu de prudence. (*Court silence.*) Vous ne les employez pas suffisamment. C'est un tort. Me sera-t-il permis de vous le dire ? Vous traitez parfois monsieur Wahrmund avec trop de rigueur. A la fin, cela lui fera dresser les oreilles, je le crains.

BERTHA

Cela me fait aussi de la peine, après ; mais que voulez-vous ? c'est plus fort que moi. C'est à sauter en l'air... de le voir ainsi garder ce calme bête, satisfait — ne pas remarquer mes combats, mes hésitations, mes souffrances. — Je voudrais souvent éclater en un cri d'angoisse, lui crier à la face : « Es-tu donc aveugle ? Es-tu sourd ? Ne vois-tu pas que tu es en train de me perdre ? Défends-toi donc ! »

BARDENHOLM

C'est qu'il a confiance.

BERTHA

Je ne lui en sais aucun gré. Un tel degré de confiance est une insulte. Je ne suis pas vieille, je ne suis pas plus laide qu'une autre...

BARDENHOLM

(*Il s'approche d'elle.*)
Vous êtes ravissante.

BERTHA

Un peu moins près. Il devrait savoir que je suis exposée à

des tentations. Mais il ne s'en préoccupe pas. Il est si sûr de lui-même — si grotesquement suffisant —... C'est insupportable!

BARDENHOLM

Mais si commode! C'est lui-même qui m'a invité à passer ici les vacances avec vous!

BERTHA

Commode! Sans doute, c'est commode! Mais je n'apprécie pas cette commodité. Et vous, Bardenholm?

BARDENHOLM

Mon Dieu! il y a toujours deux manières de tout envisager. D'un côté je préfèrerais que votre mari fût méfiant et brutal — je pourrais le braver, lutter avec lui — ce serait plus chevaleresque et j'aurais un plus beau rôle — mais pour vous, pour votre repos, il vaut mieux que les choses soient comme elles sont.

BERTHA

Mon repos! Vous croyez que je pourrais avoir du repos, sachant que je trompe quelqu'un! Seriez-vous tranquille, vous avec un tel poids sur la conscience? Pourriez-vous encore tendre la main à mon mari, si...

(*Elle s'arrête.*)

BARDENHOLM

Je vous aime, Bertha : je ne vois rien d'autre. C'est là la lutte pour la femme; elle sévit même entre frères. L'amour l'emporte sur toute amitié. Et après tout, pourquoi aurais-je des scrupules? Je ne prends rien à votre mari : il a eu les plus belles années de votre vie, votre radieuse jeunesse, votre fraîche innocence.

BERTHA

Hélas! Bardenholm, ne me rappelez pas cela!

BARDENHOLM

Il a ses enfants, qui sont tout pour lui, qui lui tiennent lieu de tout. Il me le disait encore tout à l'heure. Quant à votre cœur, à votre âme, il ne les a jamais possédés, n'est-ce pas ?

BERTHA

Jamais, je vous le jure. Au fond de moi-même, j'avais toujours un si grand vide! Les gens me croyaient heureuse, parce que je vis dans l'aisance, que j'ai de belles toilettes, que je reçois, que je vais aux eaux et aux bains de mer! On nous considérait comme un ménage modèle — et j'avais tout le temps la sensation de voyager de nuit, toute seule, dans un désert, sans compagnon, hors de tout sentier, sans but. Il y avait en moi un sentiment d'inassouvi qui ne m'abandonnait jamais. Constamment j'aspirais vers quelque chose d'inconnu. Il me manquait quelque chose; seulement, je ne savais pas ce que c'était. Je le sais maintenant. (*A voix basse.*) Je l'ai su, le soir où je vous ai vu pour la première fois.

BARDENHOLM

Oh! Bertha! Et malgré cela?...

BERTHA

Je n'en ai pas le droit. Ah! si j'étais libre! Les mères ne savent pas ce qu'elles font quand elles marient leurs filles au premier venu, rien que pour les savoir casées. Alors, quand arrive le véritable élu, il est trop tard.

BARDENHOLM

A cela nous ne pouvons plus rien changer. Tout au moins, prenons de la vie ce que nous pouvons en prendre.

(*Il se rapproche d'elle, s'empare de sa main et l'embrasse avec passion. Bertha la retire.*)

BERTHA

Prenons ce que nous pouvons prendre. Oui, oui ; un instant de bonheur. Et après !

BARDENHOLM

Et après? Nous aurons toujours eu cet instant. Et il nous en restera l'éternel souvenir.

BERTHA

Il n'y a pas de plus grande douleur que de se souvenir, dans le malheur, des jours qui furent heureux.

BARDENHOLM

C'est un paradoxe que Dante a mis à la mode. Il est absolument faux. Un souvenir ensoleillé dore toute une existence.

BERTHA

Et cela vous suffit, un souvenir ensoleillé?

BARDENHOLM

Il faut m'en contenter, quand je ne puis avoir davantage.

BERTHA

A moi, cela ne suffit pas. Aussi (*suppliant*) laissez-moi, Bardenholm. Cela vaut mieux, pour vous comme pour moi. Il y a tant de jeunes filles, qui sont libres, qui ont le droit de vous aimer, qui peuvent vous rendre heureux ! Pourquoi me choisir, moi qui...

BARDENHOLM

Parce que c'est vous que j'aime, vous, et non une autre.

BERTHA

Et combien de temps durera cet amour ?

BARDENHOLM

Eternellement.

BERTHA

Vous dites cela. Et puis après... Vous, vous aurez inscrit

une conquête de plus sur votre liste; il ne me restera que le désespoir, à moi. Non, non!

BARDENHOLM

Vous êtes cruelle, cruelle, cruelle!

BERTHA

Cruelle! Parce que je m'interdis le bonheur, pour avoir la paix. (*Très tendrement.*) Bardenholm, pourquoi demandez-vous l'impossible? pourquoi ne pas rester mon ami, comme jusqu'à présent. (*Bardenholm se retire un peu désappointé.*) C'est si beau, une amitié pure et sans reproche! Je veux être votre amie la plus dévouée, votre disciple la plus reconnaissante. Vous élargissez mon horizon, vous développez mon esprit, vous ouvrez mon intelligence à tout ce qui est beau. Mes plus grands bonheurs, je les ai éprouvés quand vous me lisiez, quand vous m'expliquiez quelque grand écrivain, quand nous allions ensemble au vieux musée et que j'apprenais à voir par vos yeux toutes ces beautés, tout ce qui reste éternellement caché à l'épais philistin. Après de telles heures, je n'ai jamais éprouvé de remords. Pourquoi cela ne durerait-il pas ainsi toujours?

BARDENHOLM

Pourquoi? Demandez à votre propre cœur, à vos nerfs, si ce serait possible. N'essayez pas de vous révolter contre la plus puissante des lois de la nature. Elle est infiniment plus forte que notre pauvre et frêle volonté.

BERTHA

Mais pourtant cela ne *doit* pas être! Je ne *dois* pas vous appartenir! Ah! j'aurais dû vous connaître plus tôt, quand j'étais libre, ou alors ne vous connaître jamais! Je vaux mieux que de servir à la satisfaction d'un simple caprice. Et je ne peux pourtant pas être autre chose pour vous.

BARDENHOLM

Un caprice, Bertha! Quelle preuve voulez-vous que je vous donne de mon amour? Que puis-je faire pour vous en convaincre? Voulez-vous ma vie? Est-ce ma faute si vous n'êtes pas libre? N'est-ce pas là ce qui me désespère? (*Bertha s'essuie furtivement les yeux.*) C'est là ce qui me poursuit nuit et jour. Je cherche à me délivrer de cette hantise par la poésie, mais inutilement.

BERTHA

Oh! vous m'avez encore fait des vers? Je vous en prie, Bardenholm, je vous en prie, donnez-les moi!

BARDENHOLM

(*Il tire un feuillet de sa poche de côté, et lit, simplement, mais avec une profonde émotion.*)

Je voudrais combattre pour toi!
Puis-je le faire?
Quand je veux te nommer, ma voix
Las! doit se taire.
Je voudrais te crier bien haut :
« Viens! viens! sois mienne! »
Aussitôt tes fins traits si beaux
S'ombrent de peine.

Je voudrais, ô mon seul amour,
Gagner ta vie,
Te montrer, ô bonheur! au jour
De pénurie,
Quelle force anime mon bras :
Tu me désarmes!
Mais leurs doux yeux, les tiens, hélas!
Versent des larmes.

Que puis-je donc? Rien que t'aimer,
Mais à distance,

T'aimer de loin, mon astre cher,
Sans espérance;
Penser à toi, te supplier
Sans aucun art,
Et t'adorant, venir crier :
« Trop tard! trop tard! »

BERTHA, *d'une voix éteinte.*

Trop tard! trop tard! Ah! Otto! Otto!

BARDENHOLM

(*Il se lève et veut l'embrasser.*)

BERTHA

(*Elle se lève vite et s'éloigne rapidement de quelques pas.*)

Pour l'amour de Dieu! Nous sommes dans une maison de verre!

BARDENHOLM

(*Il se laisse tomber sur la chaise et soupire profondément.*)
Hélas!

BERTHA, *le front appuyé au vitrage.*

Heureusement!

RIDEAU

ACTE II

Salon chez Mme Fridorp. Intérieur de petits bourgeois. Meubles de reps, fleurs. Une cage avec des serins. Portes à droite et au fond. A gauche deux fenêtres.

SCÈNE PREMIÈRE

MADAME FRIDORP, LÉNA

(*Mme Fridorp est assise près d'une fenêtre et brode. Léna est debout devant elle.*)

LÉNA

(*Elle tire d'un panier, qu'elle a posé sur le parquet, un grand poisson. Elle s'exprime en patois.*)

Regardez voir un peu c'brochet-là ! Est-y assez beau, Madame, est-y superbe !

MADAME FRIDORP

Oui, Léna ; oui, il est très beau.

LÉNA

Pourrait-y pas être servi sur la table du roi! Et y n'coûte que cinquante sous! Savez-vous, Madame, c'que la marchande de poissons all'en d'mandait?

MADAME FRIDORP

Combien?

LÉNA

Trois francs quinze sous! Comment, qu'j'ai dit, trois francs quinze sous pour un brochet! Mais c'est donc un brochet de la garde? C'en est un, qu'all' dit! J'lui en ai offert trente sous. Alors all' s'met à m'crier des sottises. Moi, j'crie pus fort qu'elle, et à la fin des fins, all' m'l'a laissé pour cinquante sous. C'est-y pas drôle, dites, Madame?

MADAME FRIDORP

Si, Léna.

LÉNA

Y'en a quand même pas beaucoup pour acheter comme moi. Vous n'pouvez pas dire le contraire, n'est-ce pas Madame?

MADAME FRIDORP

C'est bien vrai, Léna.

LÉNA

(*Elle tire deux pommes du panier.*)

Et r'gardez-moi un peu ces pommes-là! C'est les p'tites qui vont s'en régaler! Elles sont un peu chères, c'est vrai; quat' sous pièce. Mais c'étaient les plus belles de tout le marché. Et puis je m'suis rattrapée sur le brochet.

MADAME FRIDORP

(*Pendant que Léna parlait, elle a regardé par la fenêtre.*)

Bien, bien, Léna. Maintenant, emportez tout cela à la cuisine, et allez ouvrir : voici monsieur Wahrmund qui vient.

(*Léna sort avec le panier. On sonne.*)

SCÈNE II

MADAME FRIDORP, WAHRMUND, LÉNA

(*Wahrmund entre, Léna le suit. Mme Fridorp va au-devant de lui. Ils se serrent cordialement la main.*)

WAHRMUND

Bonjour, mère. Comment vas-tu ? Bien ?

MADAME FRIDORP

Tu es venu seul ?

WAHRMUND

Bertha et les enfants prendront l'autre train. J'ai tenu à arriver ici avant elles. Eh bien ! comment t'es-tu portée, depuis que je ne t'ai vue ?

MADAME FRIDORP

Merci. Très bien.

LÉNA

Elle dit ça comme ça, Monsieur Wahrmund ; mais Madame a eu encore ses rhumatismes, que c'était pitié.

WAHRMUND

Ah ! pauvre maman ! l'an prochain, nous t'emmènerons à Wildbad.

LÉNA

Oui. Cela fera du bien à Madame.

MADAME FRIDORP

Quelle idée ! Vous n'allez pas aller vous enterrer dans une ville d'eaux aussi ennuyeuse à cause de moi. Comme tu es hâlé !

LÉNA

Comme un dragon au retour des manœuvres, Monsieur Wahrmund.

WAHRMUND

Ma femme vous a rapporté quelque chose, Léna.

LÉNA

Merci bien, Monsieur. Madame est un vrai trésor. Qu'est-ce que c'est ?

WAHRMUND

Vous le verrez tout à l'heure. Tiens, mère, voici une bagatelle pour toi.

(*Il lui donne un médaillon en or.*)

MADAME FRIDORP

Non, vraiment, il ne fallait pas... (*Elle ouvre le médaillon.*) Que c'est charmant ! Bertha au milieu, Betzy et Louise appuyées sur elle, et toi derrière. Mais tu es un peu effacé.

WAHRMUND

Moi, je ne suis qu'un accessoire. Pourvu que Bertha et les enfants soient bien !

LÉNA

(*Elle a regardé par-dessus l'épaule de Mme Fridorp.*)

Pour ça, elles le sont, la petite Louise est si gentille qu'on voudrait la croquer !

MADAME FRIDORP

Oui, Léna ; mais maintenant, allez vous-en ; autrement vous ne serez pas prête.

LÉNA

Oh ! pas de danger, Madame. En deux temps et trois mouvements, tout sera fait. Vous savez bien comment je suis, moi.

(*Elle part.*)

SCÈNE III

MADAME FRIDORP, WAHRMUND

WARHMUND

Enfin! il était temps.

MADAME FRIDORP

Avec de vieux serviteurs comme Léna, il faut avoir un peu de patience. C'est un meuble de famille; songe donc : voici trente-deux ans qu'elle me sert.

WAHRMUND

Enfin. C'est tout de même dommage, maman, que tu n'aies pu venir. Tu te serais plu à Heringsdorf.

(*Il s'assied.*)

MADAME FRIDORP

Vous êtes tous deux trop aimables, mais les voyages, ce n'est plus pour moi.

WAHRMUND

Tu appelles cela un voyage! Ce court trajet en chemin de fer!

MADAME FRIDORP

Le mieux pour moi, c'est mon vieux nid; avec mes fleurs et mes oiseaux. Ils ont besoin de moi, eux.

WAHRMUND

Et nous donc!

MADAME FRIDORP

Vous? Vous vous avez l'un l'autre, vous avez vos enfants, vous avez vos amis. Une ennuyeuse vieille femme comme moi ne peut que vous gêner.

WAHRMUND

(*Il lui prend la main et l'embrasse.*)

Comment peux-tu parler de la sorte, maman ! Tu sais bien que tu ne nous a jamais gênés. Et maintenant moins que jamais. A Heringsdorf, ta présence n'aurait pas été inutile.

MADAME FRIDORP

En quoi aurais-je pu vous servir ?

WAHRMUND

C'est ce que je vais te dire.

SCÈNE IV

LES PRÉCÉDENTS, LÉNA

LÉNA

(*Elle entre avec le poisson.*)

Il faut pourtant que j'vous montre le brochet qu'vous allez manger à dîner ce soir, monsieur Wahrmund. N'est-il pas magnifique ?

WAHRMUND

Si, mais je ne reste pas pour dîner.

MADAME FRIDORP ET LÉNA, *ensemble.*

— Tu ne restes pas ?

— Comment ? Vous ne restez pas, Monsieur Wahrmund ?

WAHRMUND

Non. Il faut que je rentre en ville.

LÉNA

Et Madame ne restera pas non plus ?

WAHRMUND

Si, ma femme et les enfants se régaleront de votre brochet.

LÉNA

Ah bien! J'en ai eu une frayeur! qu'est-ce que l'on aurait pu faire, en ce cas, de ce beau poisson et de l'oie rôtie! Se donner tant de mal pour préparer un beau dîner... Demandez un peu à Madame.

MADAME FRIDORP

Bon, bon, Léna, mais allez-vous-en.

LÉNA

Oui, Madame, je m'en vais. Mais quel dommage que Monsieur Wahrmund ne reste pas! (*Elle sort.*)

MADAME FRIDORP

De quoi parlions-nous donc?

WAHRMUND

Je te disais que ta présence à Heringsdorf aurait été très utile.

LÉNA

(*Elle entre brusquement.*)

Encore un mot, M. Wahrmund. J'sais bien, moi, comment Madame a encore une fois attrapé ses douleurs. (*Wahrmund se lève et marche d'un air irrité à travers la chambre.*) Il faut qu'all' soit toujours dessus mon dos. (*Elle suit Wahrmund pas à pas.*) Oui, à la cave, à la buanderie où c'est si humide, partout. Dites-le lui donc vous-même, Monsieur Wahrmund : moi elle ne veut pas m'écouter. Quand on a la chance d'avoir une Léna, on peut s'en rapporter à elle, et on n'a pas besoin de se rendre malade en surveillant tout et...

WAHRMUND, *d'un ton violent.*

Mais voyons donc, mille tonnerres... Nous ne pourrons donc pas être tranquilles un seul instant?

LÉNA

(*Elle reste stupéfaite au milieu de la chambre, bouche bée.*)

MADAME FRIDORP, *avec bienveillance.*

Allez-vous-en, Léna, allez, et ne revenez que si je vous appelle.

WAHRMUND, *violemment à Léna, qui est restée stupéfaite et les regarde alternativement.*

Vous n'avez donc pas compris ? Allez-vous-en, et restez dehors, jusqu'à ce qu'on vous appelle.

LÉNA

(*Elle s'en va en claquant violemment la porte.*)

SCÈNE V

MADAME FRIDORP, WAHRMUND

WARHMUND

(*Il continue à marcher de haut en bas.*)

C'est à faire sauter en l'air... Je viens exprès plus tôt pour pouvoir causer un peu seul avec toi, et à cause de cette insupportable bavarde...

MADAME FRIDORP

Voyons, ne t'emporte pas comme cela tout de suite. Elle restera dehors, maintenant. Elle est un peu sans gêne, cette brave Léna. Nous avons toujours eu beaucoup de patience avec elle.

WAHRMUND

J'ai aussi beaucoup de patience, mais à la fin il y a des limites à tout. (*Il continue à marcher un peu, puis il s'assied.*)

MADAME FRIDORP

Voyons, n'en parlons plus : cela ne se reproduira pas. Tu me disais que ma présence à Heringsdorf aurait été utile?

WAHRMUND, *d'un ton grave.*

Oui, ma mère. Je crois qu'il eût été bon pour Bertha de t'avoir auprès d'elle.

MADAME FRIDORP

Tu dis cela d'un ton singulier : est-ce qu'elle n'est pas bien portante ?

WAHRMUND

Si fait, du moins autant que j'en peux juger. Extérieurement, on ne remarque pas qu'il lui manque rien. Mais peut-être est-ce moi qui n'y entends rien. Au fond, cela pourrait être quand même une maladie qui couve.

MADAME FRIDORP

Tu m'effraies ! — Dis-moi tout. Qu'est-ce qu'il y a ?

WAHRMUND

Il ne faut pas t'effrayer, chère mère. Comme je te l'ai dit, au physique Bertha me paraît très bien se porter. Mais depuis quelque temps il s'est produit en elle un changement que je ne puis m'expliquer.

MADAME FRIDORP

Un changement ! En quoi consisterait-il ?

WAHRMUND

(*Il hésite un peu.*)

Je ne sais pas trop par où commencer. — N'est-ce pas, Bertha n'a jamais eu ce qu'on pourrait appeler une nature gaie?

MADAME FRIDORP

Non. Elle a toujours été sérieuse.

WAHRMUND

Elle était sérieuse et taciturne, mais pourtant affectueuse ; je sentais qu'elle avait un cœur pour moi, qu'elle se trouvait bien près de moi. Elle s'intéressait à tout ce qui me touchait ; souvent même elle me questionnait sur mes affaires, quoiqu'elle n'y comprenne rien.

MADAME FRIDORP

Comment y comprendrait-elle quelque chose ?

WAHRMUND

Justement. — Bref, on voyait qu'elle considérait mes intérêts comme les siens.

MADAME FRIDORP

Ils le sont aussi.

WAHRMUND

C'est bien mon avis. Mais aujourd'hui tout cela a changé. Bertha est constamment de mauvaise humeur ; pendant des journées entières, elle ne m'adresse pas la parole. Quand je lui parle, elle me répond à peine, ou bien elle me lance quelques mots, d'un ton nerveux, contraint ; quand je rentre, quand je pars, elle ne me regarde même pas. Le croirais-tu, chère mère ? Je ne puis pas obtenir qu'elle me jette un regard ! Est-ce là une vie ? Peut-on me demander de supporter cela ?

MADAME FRIDORP

J'espère que la situation n'est pas aussi noire que tu la dépeins. Tu exagères sans doute un peu.

WAHRMUND

Exagérer ? Tu sais que ce n'est guère dans mes habitudes. Au contraire, je n'ai pas chargé le tableau. Je t'assure, mère, que je ne sais plus comment faire. Quand je lui demande : « Bertha, qu'est-ce que tu as ? » elle me répond : « Rien. Que pourrais-je avoir ? » — « Tu es abattue », lui dis-je. « Je suis comme je puis être. Je n'ai aucun motif de chanter de joie. » — « Que te manque-t-il ? » — « Laisse-moi la paix », et je n'en puis plus tirer un mot. Je cherche à deviner tous ses désirs, à aller au-devant d'eux. Tout dernièrement, je lui ai offert de lui donner plus d'argent de poche. « A quoi bon ? je ne dépense pas celui que j'ai. » C'est tout ce qu'elle a trouvé à me répondre. Je lui fais des surprises de bijoux, elle m'en remercie à peine, ne les regarde pas et ne les porte jamais. Elle a les plus jolies toilettes, et elle est toujours mise si modestement que c'est presque compromettant pour moi.

MADAME FRIDORP

Tu ne peux pourtant pas lui reprocher sa simplicité.

WAHRMUND

Si, quand elle la tourne contre moi.

MADAME FRIDORP

Tu te forges des chimères.

WAHRMUND

Ce ne sont pas des chimères, crois-le bien, maman.

MADAME FRIDORP

Je n'y comprends rien, Bertha s'ennuie peut-être.

WAHRMUND

Je l'ai cru aussi. Mais il est impossible que cela soit. Juge plutôt toi-même. Je l'accompagne dans le monde, quoique je préfère rester chez moi, entre mes quatre murs. Cinq fois par semaine, je cours avec elle les théâtres ; j'y vois jouer les pièces les plus insensées, qui me donnent envie de tirer les oreilles à leurs auteurs. Là, au moins elle paraissait heureuse pendant quelques minutes. Je m'y fais un mauvais sang horrible, mais je le supporte patiemment, tant je suis content que quelque chose lui plaise. Elle passe tous les jours des heures à parcourir le Musée et les Expositions des Beaux-Arts; moi! je veux bien. Là, je ne puis la suivre, parce que c'est pendant la journée et que je n'ai pas le temps. Et puis, moi, je ne tiens pas beaucoup à toutes ces croûtes modernes, mais je permets qu'elle y aille. Je lui permets aussi de se faire accompagner par qui bon lui semble. Mais après ces courses elle revient éreintée à la maison, aimable comme un hérisson : il faut, pour la toucher, prendre des gants de peau de daim. Ce n'est donc pas l'ennui qui motive cette humeur.

MADAME FRIDORP

Tu ne saurais t'imaginer combien ce que tu me dis là me cause de peine!

WAHRMUND

Je ne veux pas te faire de peine, chère mère; j'épanche mon cœur devant toi, parce que j'espère que tu pourras changer cet état de choses. Je ne sais plus quoi faire. Dis un mot à Bertha. Ramène-la à la raison. Mon Dieu! Je ne suis pourtant pas bien exigeant, et elle n'aurait pas de peine à me contenter : je ne demande que la tranquillité; je ne veux pas de bouderies à la maison. Quand toute la journée j'ai travaillé et me suis tracassé au dehors, je veux voir, en rentrant chez moi, un visage aimable. Vois-tu, mère? Nous avons fait connaissance, à Heringsdorf, avec une certaine madame Burkhardt, une espèce de femme peintre, qui trompe son mari de la façon la plus scandaleuse. Cet individu ne voit rien — ou ne veut rien voir — sa femme est avec lui d'une amabilité! Tout d'abord j'ai méprisé ce mari, puis je me suis moqué de lui. A la fin pourtant, il y a des moments où je me demande s'il n'est pas, au bout du compte, préférable, pour un mari, d'avoir auprès de lui une pécheresse toujours aimable, toujours souriante, qu'un ange de vertu toujours insupportablement acariâtre.

MADAME FRIDORP, *blessée.*

Comment peux-tu parler ainsi ! Le fait seul de prononcer le nom de Bertha à côté de celui d'une semblable personne, est déjà...

WAHRMUND

Ne te fâche pas, chère mère. Tu sais quelle estime j'ai pour le caractère de Bertha. — Elle est ta fille (*Il lui baise la main.*) — Mais la comparaison s'imposait.

MADAME FRIDORP

Une comparaison semblable !

WAHRMUND

D'ailleurs, ce n'est pas tant pour moi. Je suis un homme, et, au bout du compte, je puis tout supporter. C'est pour les autres. Les domestiques doivent déjà s'apercevoir de tout cela ; nos connaissances aussi, nos voisins ! Les gens jaseront sur nous. Je ne veux pas de cela. Pas de bavardages, surtout pas de scandale ! J'en ai horreur. Et pour les enfants ! Surtout pour les enfants ! Louise ne s'aperçoit heureusement encore de rien ; mais Betzy est déjà une petite fille qui comprend. Elle voit que sa mère ne dit pas un mot à table, qu'elle ne regarde que son assiette, qu'elle me traite avec dédain : elle voit cela, de ses grands yeux étonnés et intimidés ! Eh bien ! ma chère mère, il ne faut pas que cela soit. Un spectacle de ce genre empoisonne leur enfance et assombrit leur existence tout entière. Il ne faut pas que l'enfant ait des souvenirs de discorde dans la maison paternelle. Si cela ne doit pas changer, j'enverrai Bertha en voyage avec les enfants, ou je mettrai les petites en pension. Elles ne doivent pas voir leur mère bouder leur père !

MADAME FRIDORP

Mais comment les choses en sont-elles venues là ? Vous viviez pourtant en si bon accord !

WAHRMUND

Est-ce que je sais, moi? (*Il se lève et va à la fenêtre. D'une voix étouffée, avec hésitation.*) Je ne puis te dire qu'une seule chose, c'est que depuis quelques semaines, cela va tout à fait mal. Bertha semble même avoir pour moi une répugnance physique. Il m'est bien difficile de te parler de ces choses, mais à toi, je puis te confier tout, je dois même le faire : Bertha me repousse, après huit ans de mariage — le croirais-tu?

MADAME FRIDORP

(*Elle hoche tristement la tête.*)

WAHRMUND

Quand je supplie, elle me demande si je n'ai pas honte de mendier. Si je me mets en colère — tu comprends bien qu'on ne peut pas toujours se maîtriser — elle devient furieuse, elle crie qu'elle n'est pas une esclave d'Orient, qu'elle n'est pas une fille, que sais-je encore! Dispense-moi de te raconter tout cela. Peut-être Bertha le fera-t-elle, si tu l'interroges. Que faire, mon Dieu? Je ne sais plus!

MADAME FRIDORP

Je n'y comprends rien. Il faut qu'elle soit malade. Peut-être souffre-t-elle des nerfs, la pauvre enfant!

WAHRMUND

Je l'ai pensé aussi. Je voulais demander un conseil à notre médecin. Mais j'ai voulu d'abord m'en ouvrir à toi.

MADAME FRIDORP

Je ne voudrais rien te dire de blessant, mais es-tu bien sûr, qu'il n'y a pas en tout cela un tout petit peu de ta faute?

WAHRMUND, *blessé.*

Oh, maman!

MADAME FRIDORP

N'es-tu pas parfois un peu violent, un peu colère?

WAHRMUND

Je n'en ai pas conscience. Tu sais comme je suis calme.

MADAME FRIDORP

Mais tout à l'heure, avec Léna, tu t'es emporté violemment!

WAHRMUND, *d'un ton chagriné.*

Je vois que tu prends à l'avance parti pour Bertha. J'aurais dû m'y attendre. C'est naturellement moi qui suis le coupable. C'est toujours le lapin qui a commencé.

MADAME FRIDORP

Tu vois, voici que tu t'emportes de nouveau. Je ne veux pas te blesser : je cherche simplement à m'expliquer l'inexplicable, et il est tout simple de te demander, si parfois tu...

WAHRMUND

Bien! Au fait, il est possible que ce soit de ma faute. Parle à Bertha; demande lui de quoi elle a à se plaindre. C'est pour cela précisément que je me suis adressé à toi. Elle sera franche avec sa mère : tu me diras ensuite ce qu'elle a sur le cœur. S'il y a de ma faute, les choses changeront. Cela, je te le jure. Car je veux la paix, et il faut que les enfants voient autour d'elles la paix et la gaieté. Je voudrais presque qu'on me démontrât que je suis seul coupable; alors je comprendrais au moins ce qui se passe, tandis que je ne peux pas m'expliquer la manière d'être de Bertha. Et il n'y a rien de plus effrayant que d'être en face d'un phénomène absolument inexplicable. (*On sonne.*) Les voici déjà. Maintenant, maman, tu es au courant. Fais tout ton possible : je t'en prie. J'espère que tu pourras tout arranger.

MADAME FRIDORP

Aie confiance en moi. (*Elle lui serre la main.*)

SCÈNE VI

LES PRÉCÉDENTS, BERTHA, BETZY ET LOUISE, LÉNA

(*Bertha entre avec Betzy et Louise; Léna, qui les suit, reste sur le seuil, et jette à la dérobée des coups d'œil timides sur Wahrmund, Bertha et les deux enfants se dirigent vite vers Madame Fridorp qui s'est levée, et l'embrassent. Wahrmund se tient debout près de la première fenêtre et regarde le groupe.*)

BERTHA

Bonjour, maman.

MADAME FRIDORP

Bonjour, ma fille. Enfin, vous voici revenus!

(*Elle la regarde attentivement.*)

BERTHA

Pourquoi m'examines-tu si attentivement?

MADAME FRIDORP

Tu as très bonne mine.

BERTHA

Pourquoi n'aurais-je pas bonne mine? Je ne souffre de rien.

MADAME FRIDORP

Dieu merci!

LOUISE

Je t'ai apporté un coquillage, grand'maman. (*Elle le lui donne.*) Je l'ai déterré moi-même, sur la plage, avec ma pelle.

MADAME FRIDORP

(*Elle l'embrasse et prend le coquillage.*)

Vois-tu ça, mon joujou chéri! Elle a pensé à sa grand' maman. Merci, ma chérie, merci. Il est superbe, ton coquillage.

LOUISE, *avec animation.*

Oh! oui, grand'maman. Et un garçon a voulu me le prendre, mais je ne le lui ai pas donné!

MADAME FRIDORP

C'était un méchant garçon, Louisette.

LOUISE

Il était très méchant, ce garçon!

WAHRMUND, *qui pendant ce temps a caressé Betzy.*

Allons! il faut que je parte.

BERTHA, *qui regardait Louise en souriant, redevient sérieuse.*

MADAME FRIDORP

Alors, tu ne restes décidément pas à dîner?

WAHRMUND

C'est impossible. J'ai des affaires urgentes en ville. A bientôt, chère mère. (*Il lui donne la main. A Bertha.*) Ne rentre pas trop tard, je t'en prie, à cause des enfants. Les soirées sont déjà très fraîches.

(*Il prend sa canne et son chapeau.*)

BERTHA, *dédaigneusement.*

Bien, bien : je sais.

MADAME FRIDORP

(*Elle veut l'accompagner.*)

WAHRMUND

Reste donc, mère! (*Il part.*)

SCÈNE VII

LES MÊMES, *sauf* WAHRMUND

LÉNA

(*Elle se range vite de côté, pour laisser sortir Wahrmund, puis elle entre dans la chambre, et reste dans l'attente, debout, devant Bertha, qui ôte son manteau et son chapeau. Elle prend ces deux objets et les pose sur la table.*)

BERTHA

J'ai aussi rapporté quelque chose pour vous, ma bonne Léna. Un bracelet en argent. Tenez le voici.

(*Elle le lui donne.*)

LÉNA

(*Elle examine enchantée le bracelet, puis elle s'empare de la main de Bertha, qu'elle couvre de baisers.*)

Vous êtes bien toujours notre cher trésor ! Vous êtes toujours ma bonne petite demoiselle, dont j'ai lavé les couches. Mais M. Wahrmund, je ne sais ce qu'il avait tout à l'heure : ce qu'il m'a rabrouée ! Jamais feu Monsieur ne l'a fait. Et pourtant, il était conseiller intime ! Et je ne l'ai pas mérité, bien sûr !

(*Elle s'essuie les yeux.*)

BERTHA, *étonnée, à Madame Fridorp.*

Qu'est-ce qu'il y a eu ?

MADAME FRIDORP

Rien du tout. Calmez-vous, Léna ; il ne l'a pas fait avec une mauvaise intention. Il ne faut pas non plus toujours entrer ici, quand il y a du monde.

LÉNA

Mais M. Wahrmund n'est pas un étranger !

MADAME FRIDORP

Cela ne fait rien. Allez, maintenant, Léna.

LÉNA

Venez, les enfants, venez au jardin. Je vais vous faire voir de beaux dahlias.

(*Elle sort avec les enfants.*)

SCÈNE VIII

MADAME FRIDORP, BERTHA

BERTHA

Qu'y a-t-il donc eu, tout à l'heure ?

MADAME FRIDORP

Rien du tout. Wahrmund s'est un peu emporté. Il a donné à entendre un peu vivement à Léna qu'elle gênait, et tu sais combien la bonne vieille est susceptible !

BERTHA

En voilà une idée, aussi, de traiter grossièrement de vieux serviteurs. Et surtout quand on n'est pas chez soi !

MADAME FRIDORP

Voyons, Bertha, fais-tu une différence entre ma maison et la tienne ?

BERTHA

De sa part, c'est un manque de tact, de faire le maître ici.

MADAME FRIDORP

Mais comme tu le juges durement !

BERTHA, *impatientée.*

Bien. Parlons d'autre chose.

MADAME FRIDORP, *d'un ton sérieux.*

Non, ma fille. Restons au contraire sur cette question. Tu te conduis singulièrement avec ton mari !

BERTHA, *surprise.*

Tu trouves ?

MADAME FRIDORP

Oui, je trouve. (*Une petite pause.*) Et lui aussi le trouve.

BERTHA

Qu'en sais-tu ? Il te l'a dit ?

MADAME FRIDORP

Oui.

BERTHA

Ah ? Et comment en est-il arrivé là ?

MADAME FRIDORP

Sans aucun détour. Il s'est plaint de toi.

BERTHA

Derrière moi ! Il me noircit auprès de ma mère ! Que c'est lâche !

MADAME FRIDORP

Mais, ma chère enfant, tu n'es pas raisonnable. Il a agi d'une manière très correcte et très sage. A qui peut-il ouvrir son cœur, sinon à moi ?

BERTHA

A qui ? Mais à moi, donc ! S'il a à se plaindre, il doit me le dire franchement, virilement. Je saurai lui répondre.

MADAME FRIDORP

C'est là précisément ce qu'il a voulu éviter, et avec grande raison. Si tu t'emportes déjà contre moi, qu'est-ce que ce serait avec lui ! A lui, tu lui arracherais les yeux !

BERTHA, *froissée.*

Ah ! bien, si tu peux croire cela de moi ! Tu t'es laissé monter la tête contre ta fille !

MADAME FRIDORP

Ne dis donc pas de bêtises. Je suis ta mère, et tu es ma Bertha, mon unique enfant. C'est pour cela que ton irritabilité me chagrine. Vous devez vivre en paix. Quel grief as-tu, au fond, contre Wahrmund ?

BERTHA

Mais je ne me plains pas de lui, moi. C'est lui qui se plaint. Que me reproche-t-il ?

MADAME FRIDORP

Tu n'es pas aimable avec lui, tu ne le regardes plus.

BERTHA, *avec un rire nerveux.*

Elle est bonne, celle-là ! Que dois-je faire ? Lui lancer des œillades amoureuses ? Lui soupirer des romances ?

MADAME FRIDORP

Je ne dis pas cela. C'est pourtant à peu près ce qu'il fait pour toi.

BERTHA

C'est d'assez mauvais goût, aussi. Son exemple est là pour m'avertir.

MADAME FRIDORP

Pas de mauvaises plaisanteries, Bertha : le sujet n'y prête vraiment pas. Il dit que tu ne lui parles jamais, que tu lui réponds à peine.

BERTHA, *impatientée.*

Soit, maman, puisque tu veux absolument le savoir. Il est bien possible que je sois silencieuse. Mais que devrais-je dire ?

Lui parler d'affaires ? Mais elles me sont aussi indifférentes que les pronostics du temps de l'an passé. Quoi lui dire alors ? Il n'a de goût que pour sa gymnastique, ses haltères, ses tours de force. Tout cela ne m'intéresse pas. Toute opinion que j'émets lui paraît exaltée, absurde, et il y oppose quelque plate et mesquine contradiction de philistin. Si un drame m'empoigne et que je veuille en parler, que me répond-il ? « C'est idiot, ce sont des folies. » Les livres dont je m'occupe, il ne les lit pas ; l'art l'ennuie... — Qu'est-ce qui me reste, alors, sinon de garder mes pensées pour moi seule ?

MADAME FRIDORP

Tu es bien hautaine, Bertha. Wahrmund a du bon sens, et une grande expérience de la vie. Il n'est pas obligé d'être critique d'art ou historien des littératures.

BERTHA

Et moi, je ne suis pas davantage obligée de fournir à heure fixe des propos de table. (*S'emportant.*) Que veut-il, à la fin ? Je tiens sa maison en ordre, je soigne les enfants ; quand il rentre à la maison, il trouve la table mise, les plats qu'il préfère. Je prends sur moi les ennuis avec les domestiques, je me casse chaque jour la tête pour savoir quel menu il faudra commander : il me semble que je fais mon devoir, tout mon devoir.

MADAME FRIDORP

Non, Bertha : ce n'est pas tout ton devoir. Une gouvernante en ferait tout autant : ce n'est pas pour cela qu'on se marie.

BERTHA, *tout à coup.*

Maman, pourquoi m'as-tu mariée ?

MADAME FRIDORP

Drôle de question ! Tu avais vingt ans ; nous n'avions pour vivre que ma pension de veuve ; tu n'avais pas un sou de dot...

BERTHA

Mais j'étais un être sain et fort, j'avais un cerveau, un cœur : avec cela on n'est pas perdue.

MADAME FRIDORP

Ah! Et si j'étais morte, comme ton pauvre père? Tu serais restée seule au monde. Qu'aurais-tu fait ?

BERTHA

J'aurais travaillé, étudié. J'aurais étudié la médecine. Aujourd'hui peut-être serais-je indépendante.

MADAME FRIDORP

Wahrmund a réellement raison, quand il te trouve exaltée. Le monde n'est pas fait à ces manières de penser. Une jeune fille isolée, sans fortune, est mille fois plutôt exposée à se perdre, qu'à se faire une situation par ses seules forces. Il faut qu'une fille se marie.

BERTHA

Ah! tant que les mères penseront de la sorte, le sort de la femme ne s'améliorera évidemment pas. La femme est un être humain. Nous avons le droit de vivre pour nous-mêmes. Mais on nous jette à la tête du premier venu : cela sera toujours assez bon pour nous!

MADAME FRIDORP

Le premier venu! Mais, ma chère enfant, ce n'est pas ton cas. Tu as trouvé un mari agréable, bien de sa personne, ayant de la fortune...

BERTHA

Qui n'était pas fait pour moi et pour qui je ne suis pas faite.

MADAME FRIDORP

Tiens! Mais c'est la première fois que je t'entends parler ainsi. Tu ne trouvais pas cela quand tu étais fiancée avec Wahrmund : tu étais alors aussi satisfaite de lui que moi-même.

BERTHA, *violemment.*

Que peut savoir une petite fille sotte et sans expérience? On lui rebat les oreilles de cette antienne : qu'il faut se marier, que c'est affreux de rester en plan; que c'est la plus grande honte, le plus grand malheur. Elle voit que sa mère s'inquiète, qu'elle a du chagrin à cause d'elle. Tout naturellement, on voudrait la délivrer de ce souci. Alors arrive un monsieur; on entend répéter constamment : « Quel beau parti! Un homme riche! Quel bonheur! » La mère est enchantée de se débarrasser si avantageusement de sa fille... Alors on accepte.

MADAME FRIDORP

Bertha, tu es bien ingrate, mon enfant! Ta mère n'a jamais cherché à se débarrasser de toi. Elle a désiré ton bonheur, et, d'après toutes les probabilités humaines, ton mariage en réunissait les conditions.

BERTHA

Il ne peut y avoir de mariage heureux quand on ne choisit pas librement et que le cœur ne parle pas. Dans ce cas, le mariage n'est pas une satisfaction.

MADAME FRIDORP

Mais le mariage n'est pas uniquement une satisfaction.

BERTHA

Ah! Qu'est-ce donc, alors?

MADAME FRIDORP

C'est un devoir, une obligation sociale.

BERTHA

Quelque chose comme le service obligatoire, à l'usage de la femme? « Avec Dieu, pour le Roi et la Patrie », se faire casser les os, et crier encore Hourrah! Merci bien!

MADAME FRIDORP

Mais, Dieu me pardonne, je crois que tu es devenue socialiste !

BERTHA

Ce ne serait pas un grand mal. Tous les mécontents deviennent socialistes.

MADAME FRIDORP

Oui, mais comment en arrives-tu à être mécontente ?

BERTHA

Laissons cela, maman. Avec ta manière de concevoir le mariage — « un devoir, dis-tu, une obligation sociale » — tu ne pourrais pas me comprendre.

MADAME FRIDORP

Encore l'oison qui veut mener paître sa mère.

BERTHA

C'est pourtant vrai ! Si je te disais : « Dans la vie, il n'y a pas seulement des devoirs, il y a aussi des droits », tu me traiterais naturellement encore d'exaltée !

MADAME FRIDORP

Des droits ? Qu'entends-tu par là ?

BERTHA

Le droit aux satisfactions du cœur.

MADAME FRIDORP

Mais ce droit, tu l'as ! Tu as même mieux qu'un simple droit. Tu as la chose elle-même. Tu as ton mari, tes enfants : qu'est-ce qu'il demande encore, ton cœur, pour être satisfait ?

BERTHA

Mais si cela ne suffit pas ? Si l'on a besoin de plus, pour être heureux ? N'a-t-on pas le droit d'aspirer au bonheur, même s'il faut pour cela se mettre au-dessus des soi-disants devoirs ?

MADAME FRIDORP

Ma pauvre enfant, tu es sans doute persuadée que ce que tu dis là, c'est le dernier cri. Mais c'est vieux, c'est vieux comme le monde! En 1840, alors que j'étais encore une toute jeune fille, j'ai déjà lu tout cela dans les romans de George Sand. Il y a plus de cinquante ans de cela, et déjà alors c'était une sottise. Il n'y a pas de bonheur en dehors du devoir. Quiconque te prêche le contraire te ment. C'est en remplissant ton devoir que tu trouveras tout ce dont ton cœur a besoin pour être satisfait. Naturellement, si tu écoutes tous tes caprices et toutes tes fantaisies, si tu les caresses amoureusement, tu peux t'imaginer qu'il te manque ceci et cela. Mais tu n'a pas le droit de le faire. Une femme mariée doit s'interdire les rêveries fantastiques. Et elle le peut : il n'y a qu'à vouloir.

BERTHA

Et si malgré tout, on ne peut pas ?

MADAME FRIDORP

Celui qui ne le peut pas, n'a pas le droit de se marier.

BERTHA

Maman, pourquoi m'as-tu mariée ?

MADAME FRIDORP

Je te l'ai déjà dit. D'ailleurs, si je ne t'avais pas mariée, en quoi serais-tu plus heureuse aujourd'hui ?

BERTHA

Je serais libre, et si alors venait le véritable...

MADAME FRIDORP

Le véritable... ? Comment te le figures-tu donc ?

BERTHA

Un homme qui m'aime et que j'aime, non par devoir, mais avec bonheur ; un homme qui me comprenne, qui m'inspire, qui me développe intellectuellement, vers qui je doive lever les yeux...

MADAME FRIDORP

Bref, le Prince Charmant, ma pauvre Bertha : toutes les jeunes filles l'attendent et il ne vient jamais !

BERTHA

Et si, pourtant... ?

MADAME FRIDORP

Je l'ai attendu jusqu'à ma trente-quatrième année, et il n'est pas venu. Alors, quand ton père m'a demandée, j'ai été très contente de l'accepter. Ce n'était pas un Prince Charmant, nous n'étions pas non plus des amoureux romanesques. Mais nous étions l'un pour l'autre de bons, de fidèles amis, et nous le sommes restés, jusqu'au jour où je lui ai fermé les yeux. Voilà le véritable... Si tu avais attendu le Prince Charmant, il ne serait jamais venu !...

BERTHA, *à voix basse.*

Et si, pourtant, il était venu ?

(*Ce qui suit doit être joué très vite.*

MADAME FRIDORP

(*Elle la regarde fixement. Tout à coup.*)

Mon enfant...

BERTHA

Qu'est-ce ?

MADAME FRIDORP, *avec une émotio croissante.*

Mon enfant...

BERTHA, *avec anxiété.*

Maman ?

MADAME FRIDORP

Il y a quelque chose.

BERTHA

(*Elle se tait.*)

MADAME FRIDORP

Tu..., tu penses à quelqu'un !

BERTHA

(*Elle se jette dans les bras de Mme Fridorp et se cache le visage dans sa poitrine.*)

MADAME FRIDORP

Mon Dieu ! que vais-je apprendre ! Comment est-ce possible ? Parle !

(*Elle va rapidement vers la porte et pousse le verrou.*)

BERTHA.

C'est notre voisin ; il demeure à l'étage au-dessus du nôtre ; il s'est fait présenter à nous, et a conçu une violente passion pour moi !

MADAME FRIDORP

Et tu as le courage de me dire cela, à moi !

BERTHA

Faut-il ne pas être franche avec ma mère ?

MADAME FRIDORP

Continue. — Dis-moi toute la vérité. Que s'est-il passé ?

BERTHA

Nous sommes restés ensemble à Heringsdorf...

MADAME FRIDORP

Wahrmund ne se doute de rien ?

BERTHA

Je ne sais pas ; du reste cela m'est égal.

MADAME FRIDORP

Tu es folle !

BERTHA

Qu'il le sache ! Je ne veux pas en faire un mystère.

MADAME FRIDORP

Bertha ! Tu n'as pas ta raison !

BERTHA

Pourquoi donc ? Parce que je ne veux ni hypocrisie, ni mensonge ? Ou bien me conseilles-tu, toi aussi, de mentir et de dissimuler ?

MADAME FRIDORP

Qu'es-tu devenue, Bertha ! Mais quel est le misérable qui t'a fait perdre la tête.

BERTHA

Maman, ne dis pas que c'est un misérable.

MADAME FRIDORP

C'est un misérable. Un honnête homme ne cherche pas à troubler une femme mariée ! Que veut-il ? Il faut qu'il te méprise bien, pour oser te demander d'oublier tes devoirs !

BERTHA

Tu es injuste. Il a de si nobles intentions !

MADAME FRIDORP

Que veux-tu dire ?

BERTHA

Il désire que je lui appartienne pour toujours.

MADAME FRIDORP

Et tu crois cela ?

BERTHA

Il me l'affirme. Pourquoi me jouerait-il une comédie ?

MADAME FRIDORP

Et quand même ! On n'abandonne pas son mari et ses enfants.

BERTHA

Mais je n'abandonne pas mes enfants. Bardenholm les aime!

MADAME FRIDORP

Bardenholm ?

BERTHA

C'est son nom. Dirigées par lui, elles se développeraient bien autrement au point de vue intellectuel.

MADAME FRIDORP

Et tu te figures que Wahrmund va te laisser les enfants !

BERTHA

Il sait qu'elles ne sauraient être nulle part aussi bien que chez moi.

MADAME FRIDORP

Et alors, tu peux te décider ainsi, sans plus, à briser le cœur de ton mari ?

BERTHA

Il se consolera.

MADAME FRIDORP

Tais-toi, malheureuse enfant : Je ne veux plus rien entendre. Je te défends de revoir ce misérable. Tu m'entends ? Il faut que cela finisse. Demain ou après-demain, je viendrai à la ville. Il faut que tu fasses un voyage, un long voyage. Wahrmund y est préparé. J'irai avec toi, toute vieille et souffrante que je suis. Il faut que tu te reprennes, que tu reviennes à la raison.

BERTHA

Maman, si tu voyais Bardenholm, si tu l'entendais...

MADAME FRIDORP

Il ne manquerait plus que cela !

BERTHA

Il est inutile de nous séparer... Il est trop tard !

MADAME FRIDORP, *lui mettant la main devant la bouche.*

Tais-toi, malheureuse enfant, tais-toi ! Et même si..., tu es irresponsable. Dans l'état où tu es, on ne saurait t'incriminer. Tu es une malade. Même si Wahrmund l'apprend, il comprendra. Mon Dieu ! Mon Dieu !

LÉNA

(*Elle veut ouvrir la porte.*)

Enfermées ?

MADAME FRIDORP, *d'un ton courroucé.*

Qu'est-ce encore ?

LÉNA

Ouvrez donc !

MADAME FRIDORP

Encore vous ! Qu'est-ce que vous voulez ?

LÉNA

Il fait frais, pour les enfants.

MADAME FRIDORP

Va ouvrir, Bertha. J'ai les jambes brisées. (*Bertha se dirige vers la porte.*) Pauvres enfants !

RIDEAU

ACTE III

Une chambre chez Bardenholm. — Portes à droite et au fond. A gauche, une cheminée. Au-dessus de la cheminée, trophée d'armes. Fleurets, gants, masques d'escrime, revolvers. A angle droit, contre la cheminée, divan turc. Fauteuils, table à fumer avec une boîte de cigares et un service de fumeur, pipes, etc. En avant, à droite, un piano; glace au-dessus. Au milieu, guéridon chargé de livres et d'albums. Au fond, étagères avec des livres, des bibelots, des flacons de liqueurs, des petits verres, des vases, des photographies encadrées.

SCÈNE PREMIÈRE

BARDENHOLM, LE DOCTEUR BUTTNER

BUTTNER, *à moitié couché sur le divan; Bardenholm est debout devant lui, le dos à la cheminée.*

BARDENHOLM

(*Il lui tend la boîte de cigares.*)

Prends un cigare, Büttner. Et fume-le religieusement. Je n'offre ceux-là qu'aux amis qui souffrent de peines de cœur récentes.

BUTTNER

(*Il choisit un cigare, l'allume et fume en silence.*)

BARDENHOLM, *après un silence, pendant lequel il l'a observé.*

Allons, pousse au moins quelques soupirs, si tu ne dis rien. Cela soulage.

BUTTNER

Tu peux rire, toi !

BARDENHOLM

Et toi encore plus ; seulement tu ne veux pas le comprendre. (*Un silence.*) Un petit verre de chartreuse ? C'est ce qu'il faut, pour accompagner ce cigare.

BUTTNER

Volontiers. Merci.

BARDENHOLM

(*Il prend sur l'étagère un flacon de chartreuse et deux petits verres, et verse. Ils boivent.*)

Et maintenant, assez de ces airs penchés. Tiens-toi. Ce n'est pas pour une histoire aussi bête qu'on s'écroule.

BUTTNER

La méprisable créature !

BARDENHOLM

Bravo ! Tu as dit cela comme Novelli lui-même !

BUTTNER

(*Il se lève et prend son chapeau.*)

Si tu fais sans cesse de mauvaises plaisanteries...

BARDENHOLM

Allons, ne t'emporte pas si vite. (*Il lui enlève le chapeau des mains et le pousse sur le divan.*) Alors, sérieusement, Madame Burkhardt a rompu avec toi ?

BUTTNER

Brutalement. Je lui faisais des reproches à propos du petit Hergenrath.

BARDENHOLM

En voilà une idée, aussi ! Tu n'étais pourtant pas jaloux ?

BUTTNER

Jaloux ! pas précisément... quoique, au fond... Enfin, elle s'affichait avec lui et me rendait ridicule. Je ne pouvais pas me taire, n'est-ce pas ? Au premier mot, elle me dit : « Comment ? Tu me fais de la morale ? Mais pour cet article-là, mon mari tient de meilleures marques. Ce n'est pas pour cela que je prends un amant. » — « Si encore tu n'en prenais qu'un ! » ai-je répliqué, C'était envoyé, n'est-ce pas ? Elle s'est mise à rire d'un ton moqueur, et m'a dit : « Mon cher, tu commences par devenir terriblement ennuyeux. Séparons-nous en paix, avant que tu ne sois tout à fait moisi. »

BARDENHOLM

Elle a de la race, la dame !

BUTTNER

Tu comprends que j'étais indigné.

BARDENHOLM

Évidemment.

BUTTNER

Je m'en allai. Quand je revins, l'après-midi...

BARDENHOLM

Comment ? Tu es revenu ?

BUTTNER

Je t'en prie ! Je croyais que c'était un simple accès de mauvaise humeur. Je veux entrer comme d'habitude, quand sa femme de chambre vient à ma rencontre et me dit : « Madame n'y est pas ! » Je l'entendais parler et rire dans l'atelier. « Quelle est cette plaisanterie ! », dis-je à la donzelle, et je veux ouvrir la porte. Mais alors la petite vipère, que j'avais réchauffée de mes pourboires, se dresse devant la porte et me dit effrontément : « Madame n'y est pas pour vous, et elle vous fait dire expressément de ne plus vous déranger. » Eh bien ! comment trouves-tu cela ?

BARDENHOLM

Admirable, mon vieux, tout à fait admirable ! Tu es un être sans religion. Si tu avais encore la moindre étincelle de foi, tu devrais adresser au ciel des actions de grâce.

BUTTNER

Être sacrifié à un Hergenrath !

BARDENHOLM

Il n'est pas mal du tout, le petit Hergenrath ! Et du reste, moi, je ne serais jamais jaloux d'un successeur, seulement d'un prédécesseur.

BUTTNER

Mais je l'aime, la misérable !

BARDENHOLM

Büttner, tu parles la langue du moyen âge ! Est-ce qu'un fils du dix-neuvième siècle emploie des expressions aussi archaïques ? « Mais je l'aime, la misérable ! » C'est du pur troubadour. Ces choses-là doivent se chanter. Allons, répète, je vais t'accompagner au piano.

BUTTNER

Tu es un scélérat sans cœur. Tu ne sais pas ce que c'est d'avoir porté pendant deux ans l'uniforme d'une femme.

BARDENHOLM

Si, je le sais. Cela devient une douce habitude, comme aurait dit Gœthe. Mais au bout de deux ans, il faut bien penser à permuter.

BUTTNER

La garnison ne m'ennuyait pas encore.

BARDENHOLM

C'est ce que je te reproche, justement. Madame Burkhardt commence à avoir pas mal de chevrons !

BUTTNER

Tu vois pourtant que cela n'empêche pas des gens de graviter autour d'elle.

BARDENHOLM

Naturellement. Elle est élégante, elle a de la réputation, et surtout elle ne manque pas de faire les avances nécessaires. Tu ne m'en veux pas ?

BUTTNER

Tu me donnes de singulières consolations !

BARDENHOLM

Celles précisément dont tu as besoin, mon vieux. Ton état d'âme éploré est une ingratitude noire envers ta bonne étoile. Tu ne sais donc pas, animal ! qu'en amour, comme à la guerre, le plus important c'est de garder une ligne de retraite ? L'immense difficulté, dans des liaisons de ce genre, c'est toujours de pouvoir en sortir. Tu as la chance imméritée de tomber, non pas sur le fâcheux crampon habituel, mais sur une femme spirituelle, qui tourne bride galamment, et tu fais des mines pleurnichardes ! Tu mériterais d'être condamné aux travaux forcés à perpétuité auprès d'une jolie femme. Mais parlons sérieusement : tu me fais vraiment de la peine avec ton air écroulé. Que veux-tu au fond ? Qu'est-ce que tu attendais encore de cette liaison ? Veux-tu me permettre d'être tout à fait franc ?

BUTTNER

Encore plus franc que jusqu'ici! Tiens, je suis curieux de voir cela!

BARDENHOLM

Il y a du reste longtemps que je voulais en causer avec toi. (*Il s'assied près de lui sur le divan.*) Tu avais complètement perdu le sens de la situation. Cette femme est d'une maturité imposante, elle est riche, toi tu es pauvre : cela devenait réellement compromettant.

BUTTNER, *avec une révolte.*

Qui donc se serait permis... !

BARDENHOLM

Il est inutile de t'emporter. On a toujours à compter avec les mauvaises langues. Une liaison avec une femme à la mode, c'est charmant. Mais il faut que cela soit court comme une anecdote, autrement l'effet est fichu.

BUTTNER

L'effet? Quel effet?

BARDENHOLM

Voyons, ne pose donc pas pour l'ingénu. Autant que je sache, tu n'as pas d'oncle à héritage.

BUTTNER

Malheureusement non.

BARDENHOLM

Donc, toi aussi, tu guignes naturellement un bon parti. Tu as maintenant la trentaine; il faut t'y atteler sérieusement. Ta liaison avec Madame Burkhardt t'a donné du prestige. Mais elle durait décidément trop : il était temps d'en finir. A présent, il faut te mettre assidûment à la recherche des truffes. Obtiens des invitations à dîner chez des notables commerçants, et fais ton choix parmi les porteuses de dot. Mais il ne faut pas te présenter comme le chevalier de la Triste Figure. Si tu te trahis toi-même, par ta mine, si tu montres que c'est elle qui t'a fendu l'oreille, alors tu ne pourras pas hypnotiser les demoiselles avantageuses : elles se moqueront de toi. Est-ce bien compris ?

BUTTNER

J'exècre toutes les femmes !

BARDENHOLM

C'est absurde. Elles sont encore ce que la nature a inventé de plus charmant. Seulement il faut savoir s'en servir judicieusement.

(*On frappe à la porte de droite.*)

BUTTNER

Est-ce qu'on n'a pas frappé ?

(*Tous deux écoutent. On frappe encore.*)

BARDENHOLM

(*Il se lève brusquement.*)

C'est pardieu vrai. Quelle folie ! Tu m'excuses, Buttner, n'est-ce pas ?

BUTTNER

Une visite... discrète ?

BARDENHOLM

(*Il fait signe que oui.*)

Et moi qui attends Calvert dans un quart d'heure ! Enfin ! Il n'y a rien à y faire !

BUTTNER, *en s'en allant.*

Ah ! les femmes ! les femmes !

BARDENHOLM

(*Il accompagne Büttner à la porte du fond, met le verrou, puis va vivement à la porte de droite et l'ouvre.*)

SCÈNE II

BARDENHOLM, BERTHA

BERTHA, *soigneusement voilée, entre.*

BARDENHOLM

(*Il met le verrou et embrasse Bertha.*)

Bertha ! à cette heure !

BERTHA

Je te dérange ?

BARDENHOLM

Tu ne me déranges jamais. Mais quelle imprudence ! Büttner était là. J'ai à peine eu le temps de le mettre à la porte. Réellement, il faut prendre plus de précautions !

BERTHA

Les précautions ! Ah ! J'en ai jusque-là. (*Elle se laisse tomber d'un air las, sur le divan. Bardenholm lui enlève son chapeau et son voile, l'embrasse sur les cheveux, et met ses affaires sur le guéridon.*) Je me trouve si méprisable quand je sors et que j'entre à la dérobée, regardant anxieusement autour de moi si personne ne peut me voir. Pourquoi faut-il ainsi trembler devant tous les regards ? Pourquoi ?

BARDENHOLM

(*Il s'assied à côté d'elle, lui prend la main et lui parle tendrement.*)

Parce que c'est la condition indispensable de notre bonheur. Notre liaison...

BERTHA

Non ! Pas cet horrible mot ! Il ne faut pas que tu l'emploies, jamais !

BARDENHOLM, *souriant.*

Chère petite sensitive ! Qu'importe un mot ?

BERTHA

Il y a des mots qui impliquent des abîmes de honte.

BARDENHOLM

Bon. Je le rayerai de mon vocabulaire. Ce que je voulais dire, c'est ceci : je préférerais, moi aussi, vivre avec toi sur une île déserte, où nous serions les seuls êtres humains, et où nous pourrions nous aimer gaiement à la face du soleil, du ciel bleu et de l'océan. Mais nous ne sommes pas M. et Mme Robinson Crusoé. Nous sommes des habitants de la capitale, entourés de mille yeux bien ouverts. Heureusement, notre situation n'est pas difficile. Mais nous ne devons pas défier le hasard.

BERTHA

Dis-moi, Otto, est-ce que cela te plaît de me voir toujours dissimuler, toujours jouer la comédie ?

BARDENHOLM

Puisqu'il le faut.

BERTHA

Est-ce que tu n'as pas peur, en voyant comme je la joue bien ? Est-ce qu'il ne te vient pas quelquefois une inquiétude que je n'exerce cet art contre toi ?

BARDENHOLM

Oh ! je te connais trop bien pour avoir cette crainte !

BERTHA

Qui a une fois menti, peut mentir encore. A ta place, moi, je ne pourrais plus jamais avoir confiance en une femme qui a trompé quelqu'un.

BARDENHOLM

Je sais pourquoi tu l'as fait. Je sais combien il est dur pour toi de dissimuler. C'est un grand sacrifice que tu me fais, la plus touchante preuve de ton amour. Du reste, tu as tort de croire qu'en toutes circonstances la dissimulation avilit. L'élite des humains a toujours éprouvé le besoin de cacher sa vie supérieure à la foule banale. Elle a toujours réclamé comme un privilège de sa supériorité d'exclure orgueilleusement le vulgaire de ses sentiments et de ses actions intimes. Pense aux mystères d'Eleusis. Nous aussi, nous avons notre mystère d'Eleusis. (*Il lui caresse la tête.*) Tu es mon blond secret, Bertha. Tu dois pourtant connaître, toi aussi, cette sensation hautaine, d'être là, te mouvant au milieu de la foule quelconque et de te dire : « Je sais quelque chose de merveilleusement beau, que vous ne savez pas; j'ai quelque chose d'infiniment précieux, que vous n'avez pas. » Ce serait un sacrilège que d'y renoncer.

BERTHA

Tu sais tout montrer sous un jour bien flatteur, Otto : j'y suis habituée avec toi; mais, vois-tu, tes mystères d'Eleusis ne me font aucun plaisir. Des relations franches, nettes, me seraient mille fois plus agréables que le secret le plus poétique.

BARDENHOLM

Voilà que, par exception, tu penses aussi bourgeoisement que... (*Bertha s'éloigne de lui en boudant. Bardenholm lui prend la main et la ramène malgré elle vers lui.*) Allons, je n'ai rien dit. Vois-tu, ma chérie, ma petite Bertha, je voudrais seulement te voir arriver à comprendre les nécessités de notre situation et ne pas chercher à t'insurger inutilement contre elles. Nous pouvons être si heureux, et tu empoisonnes chacun de tes instants de bonheur en te torturant toi-même. Est-ce raisonnable ?

BERTHA

Nous pourrions être heureux — certes ! je le sens aussi — du moins je l'espère — car autrement... — Mais pour cela il faudrait que notre situation fût autre. Tu ne désires donc pas du tout qu'elle soit autre, Otto ?

BARDENHOLM

Franchement, non ! Tout au plus, voudrais-je te voir un peu plus d'insouciance. Moi, je suis complètement satisfait, aussi longtemps que je t'ai.

BERTHA, *avec violence.*

Mais tu ne m'as pas. Et moi je ne t'ai pas non plus. Voilà précisément le point douloureux. Je me sens si terriblement dans le vide, sans racines nulle part, sans attache avec le monde ! Je suis arrachée de mon passé, je ne vois pas d'avenir ; je ne sais plus ni à qui j'appartiens ni à quoi je suis bonne. Quand je suis là, en bas, bien souvent je suis prise de l'idée qu'il faut que je parte, que je me sauve, loin, bien loin, quelque part où personne ne me connaîtra. Je me promène d'une chambre à l'autre, et tout à coup je me demande : « Mais qu'est-ce que je fais bien ici ? » Je me semble à moi-même une étrangère dans une maison étrangère, je m'imagine que quelqu'un va entrer, me regarder avec étonnement et me dire : « Que désirez-vous ? » Et quand... quand je ne suis pas seule, oh ! alors c'est encore beaucoup, beaucoup plus triste. Aussi ne faut-il pas t'étonner si je tombe chez toi comme cela, subitement.

BARDENHOLM

(*Il l'attire vers lui.*)

Chère, chère enfant !

BERTHA, *se dégageant.*

Cela ne peut continuer ainsi. Au milieu de tous ces déchirements, je me sens sombrer! Le corps en bas, l'âme ici, ce n'est pas possible. Il faut faire notre choix. Une chose ou l'autre.

BARDENHOLM

Faire notre choix! Tu es une petite âme bien radicale. Ton dilemme : une chose ou l'autre, voici ce que cela veut dire : ou bien nous sommes des imbéciles romanesques et nous allons nous noyer de compagnie dans la rivière la plus prochaine, comme une petite ouvrière avec son calicot, qui se sont affolés à force de lire des romans feuilletons, ou bien nous sommes des imbéciles héröiques et nous mettons fin à nos tourments en renonçant l'un à l'autre. Je ne me sens d'inclination ni pour ce romanesque ni pour cet héroïsme.

BERTHA

Il y a pourtant une troisième solution possible, la plus simple de toutes : je m'étonne que ce soit justement la seule à laquelle tu ne songes pas.

BARDENHOLM

En effet, je ne vois pas de troisième solution possible.

BERTHA

Nous pouvons cependant choisir autre chose que la mort ou la séparation : nous pouvons aussi être paisiblement l'un à l'autre.

BARDENHOLM, *avec joie.*

Enfin! Mais je ne cesse de te le dire! A quoi bon nous tourmenter? Les choses sont bien comme elles sont. Laissons-les continuer et soyons heureux.

BERTHA

Tu ne veux pas me comprendre. Quand je dis que nous devons

être l'un à l'autre, je veux dire que nous devons nous appartenir ouvertement, devant le monde, de manière à n'avoir plus à faire de cachotteries, et à pouvoir déclarer hautement notre amour.

BARDENHOLM

J'admire ta bravoure, Bertha. J'ai honte de t'avouer que je n'ai pas ton courage. Je suis fonctionnaire. Ma situation m'oblige à beaucoup de ménagements. Tu n'as pas réfléchi à l'épouvantable scandale qu'il y aurait, si...

BERTHA

Cela dure quelques semaines, puis les vagues se referment; et tout est dit. Tous les jours de pareilles choses arrivent, et si ensuite nous vivons ensemble tranquillement, modestement, on aura vite fait de nous oublier.

BARDENHOLM

Nous oublier! Si, chaque jour de nouveau nous donnons au monde le spectacle de relations illicites?

BERTHA

(*Elle se lève brusquement.*)

Illi....? Tu pouvais croire! (*Elle se dirige vers la table et veut prendre son chapeau et son voile.*)

BARDENHOLM

(*Il lui prend les bras et la retient, tout surpris.*)

Mais, qu'as-tu? Alors je ne te comprends pas.

BERTHA, *se débattant.*

Laisse-moi. Je veux partir.

BARDENHOLM

Je ne te laisserai pas partir. Il faut que tu m'expliques...

(*Il la ramène vers le divan.*)

BERTHA

(*Elle se laisse tomber sur le divan et se cache la figure dans les mains.*)

Je n'ai que ce que je mérite.

BARDENHOLM

Bertha, pardonne-moi... Je ne voulais certes pas t'offenser. Tu disais que nous ne devions plus nous cacher, que nous devions avouer hautement que nous sommes l'un à l'autre. Cela ne peut avoir qu'une seule signification...

BERTHA

(*Elle se cache le visage dans les mains.*)

Eh bien ?

BARDENHOLM

(*Il la regarde fixement en silence.*)

BERTHA

Est-ce donc tellement en dehors de toute espèce de raison, ou bien ne veux-tu pas me comprendre ?

BARDENHOLM

Bertha, je t'assure...

BERTHA

Mais pour mettre fin à toutes les difficultés, tu n'as qu'à me donner ton nom !

BARDENHOLM, *surpris.*

Ah ! (*Il la regarde fixement pendant un instant, en silence, puis il fait quelques pas. Ensuite il s'arrête et va s'adosser à la cheminée, devant elle.*) C'est à cela que tu penses ! Je devrais t'épouser ! Cela, en effet, je ne pouvais pas le deviner !

BERTHA

Mais il me semble bien que c'est là le plus simple !

BARDENHOLM

T'épouser ! Mais tu n'es pas libre !

BERTHA

On peut divorcer.

BARDENHOLM

Crois-tu le divorce si facile ? Il faut tout d'abord supporter les lenteurs d'un procès répugnant. Qui va l'entamer ? Pas toi ; tu n'as, en effet, aucun motif de te plaindre de ton mari.

BERTHA

Tout naturellement, il faut que ce soit lui. Et il le fera aussitôt qu'il apprendra la vérité.

BARDENHOLM

Parfait ; mais alors nous serons condamnés : toi, pour adultère, et moi, comme ton complice. Nous comparaîtrons devant la justice comme des criminels ; pendant des mois, notre nom sera traîné dans la boue ; à la fin, tu seras condamnée, c'est-à-dire que le divorce sera prononcé contre toi ; quant à ma carrière, je ne sais pas ce qu'il en adviendra ; mais dans tous les cas, c'est alors surtout que je ne pourrai pas t'épouser.

BERTHA

Comment cela ? Pourquoi ne pourrais-tu pas m'épouser ?

BARDENHOLM

Naturellement pas. Quand le divorce est prononcé contre une femme pour adultère, son complice ne peut pas l'épouser.

BERTHA

Mais c'est abominable !

BARDENHOLM

Qu'y puis-je ? C'est comme cela. C'est la loi.

BERTHA

Et il n'y a aucun moyen d'y échapper? La loi n'admet pas d'exception ?

BARDENHOLM

Non; dans certains cas, on peut obtenir des dispenses. Mais il n'y a pas à y compter. Du reste, pourquoi penser à toutes ces folies? Admettons même qu'il n'y ait pas d'obstacle légal à notre union: nous ne pourrions pas davantage nous marier. (*Il va s'asseoir sur le divan, près de Bertha.*) Raisonnons un peu. Je ne possède rien. Je ne puis compter que sur mon traitement. J'arrive juste à joindre les deux bouts, pour peu que je veuille me cravater et me ganter convenablement. Toi non plus tu n'as pas de fortune. De quoi pourrions-nous vivre?

BERTHA

Mais je n'ai aucune exigence. Tout ce que je demande, c'est la tranquillité de l'âme et une situation avouable. Je ne te coûterai rien. Je travaillerai, je gagnerai ma vie.

BARDENHOLM

Ma chère enfant, c'est de la folie. Cela se dit facilement : je vais travailler, je vais gagner ma vie. C'est absolument comme si tu disais : je vais m'envoler, ou : je vais réveiller des morts. Non. Ne t'abuse pas. Notre sort ne serait que pauvreté et misère. Et pour tout au monde je ne voudrais te préparer une pareille destinée. Tu es habituée à vivre dans la richesse, tout au moins depuis que tu es mariée.

BERTHA

Cette richesse m'humilie. Je la hais.

BARDENHOLM

Oui, oui. On dit cela, quand on la possède. Mais je ne voudrais pas voir à l'épreuve ceux qui haïssent ainsi la richesse. En tous cas, je ne me pardonnerais jamais de t'arracher à une situation aisée, dans laquelle tu es à ta place. Ta beauté a besoin d'être sertie dans des toilettes élégantes et dans le luxe. Ton goût raffiné exige que ton existence se développe dans un cadre artistique.

BERTHA

Mais quelle espèce de poupée t'imagines-tu que je suis, pour croire que je tiens à toutes ces futilités extérieures !

BARDENHOLM

La rose ne sait pas ce qui est nécessaire à son éclosion ; c'est au jardinier à le savoir. Je ne voudrais pas vivre pour voir le moment où ton front si pur serait assombri par les soucis matériels. (*Il lui baise le front. Elle se laisse faire passivement.*) Et ce n'est pas tout encore : je n'aurais jamais le cœur de t'arracher à tes enfants.

BERTHA, *vivement.*

Mes enfants ? Pourquoi aurais je à me séparer d'eux ?

BARDENHOLM

Mais tu plaisantes. Si le divorce est prononcé contre toi, tes enfants te seront enlevés et la garde en sera confiée à leur père.

BERTHA

Jamais leur père ne me les prendra : il les aime trop pour cela.

BARDENHOLM

C'est une supposition.

BERTHA, *après un court silence.*

En somme, que cherches-tu à me prouver, Otto ? Qu'il y aura des obstacles à vaincre ? Mais je le sais bien. L'amour arrive à tout surmonter.

BARDENHOLM

Oh ! cela, ce n'est qu'une manière de parler. .

BERTHA

Ah! sans doute, mais seulement lorsque l'amour lui-même n'est qu'une manière de parler. Le véritable amour a la force et la volonté de combattre en vue de sa sécurité. Otto, n'est-ce pas toi qui m'as crié, dans des vers,

« Je voudrais combattre pour toi! » ?

BARDENHOLM

Souviens-toi du vers suivant :

« Puis-je le faire! »

Et précisément, je ne puis pas le faire, je ne le puis pas.

BERTHA

Ah! si c'était à recommencer!

BARDENHOLM

Tu as des remords ?

BERTHA

Cela dépend de toi.

BARDENHOLM

Je t'ai promis de l'amour, et tu trouveras toujours de l'amour près de moi. Ton grand défaut, ton unique défaut, c'est de prendre tout beaucoup trop au sérieux. Pourquoi faire ainsi tourner au tragique notre charmante petite idylle ?

BERTHA

Une petite idylle ?

BARDENHOLM

Notre amour n'a pas besoin d'être autre chose. Bien des fois tu t'es dite ma disciple. Je voudrais que tu le fusses vraiment. Je voudrais pouvoir t'amener à la pleine compréhension de ma philosophie. Sois donc un peu païenne. Adore donc un peu les dieux de la Grèce. Prends conscience de tes droits de créature humaine. Tu es jeune, tu es belle, tu as soif d'aimer. Où est le mal, si tu aimes et si tu te laisses aimer ? La nature, souriante, t'offre son approbation et son concours. Si la morale bourgeoise le voit d'un mauvais œil, ne t'en soucie pas. Les natures supérieures sont au-dessus d'elle. Regarde autour de toi. Dans tous les salons, tu vois des femmes qui ne se font pas scrupule de cueillir toutes les fleurs qui se trouvent sur leur route. Et elles sont entourées d'une véritable auréole de joie et de gaieté. Il n'y a que toi qui te fasses le cœur gros. C'est toi qui évoques toi-même les spectres, et ensuite, quand ils t'entourent, l'épouvante te secoue devant eux.

(*Il regarde sa montre.*)

BERTHA

Est-ce ma faute si je ne puis cesser de me demander : à quoi cela mènera-t-il ?

BARDENHOLM

Tu oublies que l'amour est son propre but. Il ne doit mener à rien d'autre. Nous nous aimerons demain comme nous nous sommes aimés hier. Cette perspective me donne pleine satisfaction.

BERTHA

Et si notre secret vient à être découvert ?

BARDENHOLM

Il ne doit pas être découvert. Il ne peut pas l'être, si tu es gentiment prudente.

BERTHA

Et si pourtant il l'est ? Que deviendrai-je alors ?

BARDENHOLM

Bertha, crois-tu que je t'aime ?

BERTHA

Si je ne le croyais pas, serais-je ici ?

BARDENHOLM

Alors, aie confiance en moi. Quoi qu'il arrive, je suis un homme, et je sais quel est mon devoir envers toi. (*Bertha lui serre la main.*) Mais encore une fois : il n'arrivera rien, rien du tout. Ta chasse aux papillons noirs nous fait perdre inutilement les plus beaux instants de notre vie.

BERTHA

Des papillons noirs ! Alors que je demande : comment cela finira-t-il ?

BARDENHOLM

Ne nous cassons pas la tête pour cela. La vie a des solutions que l'imagination la plus féconde ne peut prévoir. Laissons le Dieu des amoureux veiller sur nous, et, en attendant, soyons heureux.

(*Il regarde l'heure à sa montre.*)

BERTHA

C'est la seconde fois que tu regardes l'heure.

BARDENHOLM

Oui, ma petite Bertha chérie. L'ami Calvert doit venir à quatre heures pour un travail que nous avons à faire en commun. Il est l'exactitude en personne. Tu comprends que je ne voudrais pas qu'il te trouvât chez moi.

BERTHA

(*Elle se lève lentement.*)

Alors, il faut que je parte ?

BARDENHOLM

Hélas, oui !

BERTHA

Partir, toujours partir ! (*Elle s'est levée avec hésitation et s'est dirigée vers la table, disant ces mots à mi-voix et comme en elle-même.*) Et nous n'avons encore rien terminé. Et j'avais tant de choses à te dire !

BARDENHOLM, *lui donnant son chapeau et sa voilette.*

Tu reviendras, ma chère enfant, tu reviendras !

BERTHA, *irrésolue ; en lutte avec elle-même.*

Je reviendrai ? Tu ne sais pas. Il faut que nous prenions promptement une résolution.

BARDENHOLM

(*Il la pousse doucement vers la porte ; en souriant.*)

Vraiment ! C'est aussi pressé que cela ?

BERTHA

(*Elle met son chapeau et sa voilette devant la glace ; elle parle avec hésitation.*)

Je suis allée hier chez ma mère — Oh ! Otto — elle veut faire un voyage dans le Midi. Elle exige que j'aille avec elle.

BARDENHOLM

(*Il l'a à peine écoutée ; il va vers la porte de côté, l'ouvre, passe la tête au-dehors, puis la rentre vivement, embrasse Bertha et la conduit dehors. Au moment de la quitter il lui dit doucement.*)

Nous reparlerons de cela ; en attendant, sois gaie, ma chère enfant, sois gaie et aie confiance.

SCENE III

BARDENHOLM, *seul.*

BARDENHOLM

(*Il va jusqu'au milieu de la chambre. Se parlant à lui-même.*)

L'épouser! C'est incroyable! (*Il va à la cheminée et allume pensivement un cigare.*) Si maintenant, même avec les femmes mariées, on n'est pas à l'abri du mariage !

RIDEAU.

ACTE IV

(Boudoir très élégant chez Wahrmund. Tentures de soie rose drapées en forme de tente. Épais tapis. Au-devant et à gauche, table de toilette rose avec une glace de Venise. A côté, grande psyché à trois faces. Devant la psyché, lampe à colonne, avec grand abat-jour rose; au fond à gauche, armoire à glace. A droite, au milieu du mur, cheminée avec une glace et des candélabres en argent. Au milieu du plafond est suspendue une lampe rose. Au-dessous meuble de milieu en soie rose avec un palmier au centre. Au fond, à droite, canapé et fauteuils. Portes au fond et à gauche. A droite deux fenêtres. A la porte du fond, qui mène au salon, portières de soie rose).

SCÈNE PREMIÈRE

BERTHA, WAHRMUND

BERTHA

(Elle entre en manteau, avec son chapeau et sa voilette. Devant la glace elle commence à retirer sa voilette. Tout de suite, entre Wahrmund, ganté.)

WAHRMUND

Ah ! Tu sors ?

BERTHA

(*Elle tressaille, se tourne brusquement, puis se tourne de nouveau vers la glace. D'un ton maussade.*)

Non. Je rentre à l'instant.

WAHRMUND

(*Il va vers elle et retire ses gants.*)

A l'instant? Qu'appelles-tu à l'instant?

BERTHA

Il y a une minute.

WAHRMUND, *avec bonhomie.*

Mettons un quart d'heure.

BERTHA

Laisse-moi donc tranquille. Quand je dis : à l'instant, c'est que ce n'est pas il y a un quart d'heure.

WAHRMUND

C'est impossible.

BERTHA

Pourquoi serait-ce impossible?

WAHRMUND

Tu n'as pas de chapeau magique, n'est-ce pas, mon enfant? Si tu en as un, fais-moi le plaisir de me le prêter pour mes affaires, de temps à autre.

BERTHA, *qui a fini de se déshabiller.*

Ne dis donc pas de sottises.

WAHRMUND

Si tu n'as pas de chapeau magique, il a fallu que tu descendes par la cheminée, comme une petite sorcière, sur un manche à balai.

BERTHA

Tu es de bien bonne humeur, aujourd'hui. Pas moi.

WAHRMUND

Hélas ! Tu n'es pas souvent de bonne humeur, en ces derniers temps. Mais je voudrais pourtant savoir pourquoi tu me dis que tu rentres à l'instant.

BERTHA, *très impatientée.*

Demande plutôt à Minna, qui vient de m'ouvrir, si tu ne me crois pas. Et puis maintenant, assez, n'est-ce pas ? (*Elle prend un livre sur la table de toilette et s'assied sur le canapé.*)

WAHRMUND

Voilà qui est étrange ! Non, ma chère enfant, je ne demanderai rien à Minna. Vois-tu, depuis quatre heures moins le quart, je suis en bas sur le seuil à bavarder avec le propriétaire. Pas une âme n'a pu passer sans que je l'aie vue. Pendant tout ce quart d'heure, il n'est entré personne, sauf un jeune homme, que je crois avoir vu quelquefois avec Bardenholm. Eh bien ! Que dis-tu maintenant ? (*Bertha se tait et fait semblant de lire. Wahrmund s'assied à côté d'elle sur le canapé, et couvre le livre avec sa main, d'un air caressant.*) Allons, Bertha, avoue-le maintenant. Tu voulais sortir et je suis arrivé mal à propos. Va ! Sors seulement. Je ne demande même pas où tu vas, si tu ne me le dis pas de toi-même.

BERTHA

(*Elle se lève brusquement et va s'asseoir sur le meuble de milieu.*)

Non, puisque je te le dis ; non, je ne veux pas sortir : je viens de rentrer.

WAHRMUND, *d'un ton sérieux.*

Ce n'est pas vrai. Tu me fais beaucoup de chagrin, Bertha. Jusqu'ici je ne t'ai jamais connue menteuse !

BERTHA, *sursautant.*

Menteuse !

WAHRMUND

Je ne peux pas employer une autre expression. Tu ne viens pas de la rue. Cela est sûr.

BERTHA, *très émue.*

Eh bien, non ! je ne suis pas rentrée de la rue, mais de là-haut !

WAHRMUND, *étonné.*

De là-haut ?

BERTHA

Oui. Du second. De chez Bardenholm.

(Un silence.)

WAHRMUND, *lentement, par saccades.*

Ah ! c'est chez Bardenholm que tu étais allée ! Je comprends maintenant que tu ne m'aies pas dit tout de suite la vérité. Tu comprends toi-même quelle imprudence il y a de ta part à aller chez lui. — Bertha, tu ne devais pas faire cela. — Pense un peu, si quelqu'un de la maison t'avait vue. Quels potins cela ferait ! Les autres ne te connaissent pas comme je te connais. Ils ne sont pas obligés d'avoir en toi autant de confiance que moi.

BERTHA, *après avoir lutté contre elle-même, d'une voix étouffée, mais avec décision.*

Ta confiance est bien mal placée !

WAHRMUND

Qu'est-ce que tu veux dire ?

BERTHA

Bardenholm et moi, nous nous aimons.

WAHRMUND

(Il se dresse brusquement et pousse un cri.)
Quoi ?

BERTHA

Il y a longtemps que je voulais te le dire. Maintenant, tu le sais. Assez de cachotteries, je n'en veux plus. Je ne suis pas une menteuse.

WAHRMUND

(*Il lève les poings en l'air, bégayant.*)

Quoi ! tu as..., tu es...

BERTHA

Cherche à garder ton sang-froid. Ce qui est fait est fait : rien ne peut le changer.

WAHRMUND

(*Il se jette sur elle et la saisit par les poignets.*)

Misérable ! Ah ! misérable !

BERTHA, *elle crie.*

Laisse-moi ! Oh ! tu me brises le bras !

WAHRMUND

(*Il lui met violemment la main devant la bouche.*)

Silence ! Malheureuse !

BERTHA

(*Elle se débat et crie.*)

Laisse-moi ! Au secours !

WAHRMUND, *entre ses dents.*

Tais-toi, te dis-je. Pas de scandale : les domestiques vont venir.

BERTHA, *essoufflée.*

Si tu ne veux pas de scandale, lâche-moi.

WAHRMUND

(*Il la traîne jusqu'au meuble de milieu; puis, en proie à la plus vive surexcitation, il va et vient dans la chambre, s'arrêtant parfois. Il balbutie.*)

Ah ! la misérable ! Elle est là, près de moi, sous mon toit. Elle embrasse mes enfants, et elle me trompe. Elle ment. Elle se vautre dans la fange !

BERTHA

Tue-moi, si tu veux. Tu es plus fort que moi. Mais ces injures...

WAHRMUND, *s'arrêtant.*

Quoi ! Infâme ! Tu oses ouvrir la bouche !

BERTHA

Tu es très brave. Continue. Insulte-moi. Je n'ai personne pour me défendre.

WAHRMUND

Va le retrouver, ton défenseur ! Vas-y donc ! Que fais-tu ici ? Que viens-tu encore y faire ? Hors d'ici, misérable ! Que je ne te voie plus !

BERTHA

(*Elle se relève et se dirige vers la porte.*)

WAHRMUND

(*Il s'élance sur elle, la saisit par le bras, et la ramène violemment vers le meuble de milieu. Elle pousse un cri.*)

Ah ! garce ! tu veux absolument que ta honte soit connue du monde entier !

BERTHA

Je veux partir, si tu fais comme une bête féroce.

WAHRMUND

Tu veux partir ? C'est là ce que tu veux, partir ? Tu partiras, sois tranquille, tu partiras. Mais d'abord, nous avons encore quelques mots à nous dire, les derniers sans doute.

BERTHA

Je ne te répondrai que si tu n'oublies pas que tu parles à une dame.

WAHRMUND

Une dame? Une abjecte, une sale femme, qui trompe son mari ! C'est cela que tu appelles une dame !

BERTHA

Je t'ai dit la vérité. Je ne t'ai pas trompé.

WAHRMUND

Oui, sans doute : parce que je t'ai surprise avec ton chapeau et ta voilette, parce que tu as été prise sur le fait, et que tu n'as pas pu trouver de mensonge pour te tirer d'affaire. Sans ce hasard tu aurais continué à garder ton masque de vertu !

BERTHA

Le hasard n'y est pour rien. Si je ne te l'avais pas dit aujourd'hui, je te l'aurais dit demain. J'y étais fermement résolue. Je ne voulais pas jouer de comédie.

WAHRMUND

Tu ne voulais pas jouer de comédie ! Et pourtant, tu en as joué une — elle a duré des semaines (*Il s'arrête, la regarde fixement. Elle se tait*). — peut-être des mois. (*Elle se tait.*) Tu t'enorgueillis apparemment en pensant à ta loyauté. Tu t'admires, maintenant encore, comme une héroïne de la vérité, comme tu prétendais toujours en être une. Il n'y a pas de motif à cela. Ta franchise est venue trop tard. Elle aurait été un mérite, avant que tu n'aies péché. C'est alors que tu aurais dû venir à moi et me dire : « J'en aime un autre. » C'est cela qui eût été loyal et honnête. Mais après...

BERTHA

(*Elle baisse la tête ; à voix basse.*)

Tu as raison. J'aurais dû parler tout de suite. C'est ma seule faute, et je t'en demande pardon.

WAHRMUND, *d'un ton amer.*

Ta seule faute ? De n'avoir pas avoué tout de suite ton crime ? Et ce crime même, il ne te semble pas une faute ?

BERTHA

(*Elle relève vivement la tête.*)

Non. Ce n'est pas une faute. Ce n'est pas un crime. Quand deux êtres s'aiment, ils ont le droit de s'appartenir.

WAHRMUND

(*Il la regarde fixement en silence, puis il s'assied sur un fauteuil.*)

Cela désarme. Vraiment, après cela, il faut tirer l'échelle ! (*Un court silence.*) Et le « oui », que tu as prononcé devant l'autel ? Et la fidélité que tu m'as jurée ?

BERTHA, *d'un ton décidé.*

Un mot, qu'une ignorante enfant, grisée par les sons de l'orgue, éblouie par la lumière des cierges, abasourdie, prononce presque inconsciemment, ne peut pas lier pour toute la vie. Autant que je sache, personne n'a plus aujourd'hui le droit de se vendre comme esclave.

WAHRMUND

T'es-tu jamais sentie esclave auprès de moi ? N'étais-tu pas libre ?

BERTHA

La preuve de ma liberté ! Elle est faite aujourd'hui. Tu me jettes au visage les plus sanglants outrages, tu me maltraites brutalement, parce que j'ai suivi mes sentiments et ma volonté à moi. Tu vois donc que tu me traites en esclave et non en être humain autonome. Tu me regardes comme ta propriété. Je ne la suis pas. Aucune créature humaine n'est la propriété d'autrui. Je réclame pour moi la liberté d'obéir à la voix de mon cœur.

WAHRMUND

Cette liberté, tu ne l'as pas. Cela n'existe pas, la liberté de commettre des crimes.

BERTHA

Je n'en ai pas commis. Te tromper : oui... c'était une faute, et je t'en ai demandé pardon. Mais aimer, ce n'est pas un crime : non. C'est un droit humain.

WAHRMUND

(*Il se lève et reprend sa marche.*)

J'ai peut-être eu tort, tout à l'heure, en me laissant emporter. Je crois, en vérité, que tu es irresponsable. Tes pièces de théâtre idiotes, ton galant avec ses belles phrases, tout cela t'a tourné la tête. Malheureuse créature ! T'es-tu demandé ce que deviendrait le monde, si les choses marchaient d'après tes théories ?

BERTHA

Et que m'importe le monde ! Je n'ai pas à prendre soin de lui, mais de moi seule.

WAHRMUND

Oui ! tu as bien pris soin de toi-même ! Tu peux t'en vanter. Le droit d'aimer ! Un droit humain, dis-tu ! Non ! Un droit bestial. Un animal s'accouple avec le premier mâle venu qui est en rut ! Une créature humaine ne le fait pas. Le droit d'aimer ! Mais si l'on veut conserver ce droit, on ne se marie pas : on devient une fille de joie. (*Bertha se lève pour partir ; il la force à se rasseoir.*) Non, non ! tu ne dois pas t'échapper encore. Quand on est, comme toi, un esprit fort, il faut savoir écouter la vérité. Le droit d'aimer ! Mais moi aussi je dois peut-être l'avoir, si tu l'as. L'ai-je jamais réclamé ? (*Bertha se tait.*) Les tentations ne m'ont peut-être pas manqué. Il y a de jolies femmes comme il y a de jolis hommes. J'ai des yeux, tout comme toi. Mais on a une conscience, on a le sentiment de son devoir. On se dit : « Halte ! Je ne dois pas. »

BERTHA

Comme si la raison pouvait prévaloir contre les sentiments !

WAHRMUND

Allons donc ! L'amour n'est pas d'emblée un incendie violent. Ce fameux coup de foudre de tes romans imbéciles, je n'y crois pas. Tout au moins chez des gens sains d'esprit. L'amour se développe petit à petit. Et à son début, il suffit d'un petit effort de volonté pour l'étouffer. On n'a qu'à éviter le danger. On pense à ses enfants, à son mari ! Certainement, si on nourrit le feu, si on l'attise, bientôt les flammes vous passent par-dessus la tête. Toute rencontre sympathique peut devenir de l'amour, si on se laisse aller. Mais il faut savoir se maîtriser. C'est là ton nom de Dieu de devoir !

BERTHA

Tous tes reproches arrivent trop tard. Finissons-en. Ne parlons plus du passé, et tâchons de nous séparer sans rancune.

WAHRMUND

Sans rancune ! Tu as arrangé cela bien commodément. De la rancune, je comprends bien que toi tu n'en aies pas contre moi. Moi, je n'ai aucune faute envers toi sur ma conscience.

BERTHA

Je ne prétends pas cela.

WAHRMUND

Je t'ai aimée ; je t'ai respectée. (*Il va un instant jusqu'à la fenêtre, pour réprimer l'émotion qui le domine. Puis se retournant.*) Je ne t'ai laissée manquer de rien. Ce n'est que pour toi seule que j'ai vécu, que j'ai travaillé. Comment as-tu pu ainsi me sacrifier de gaieté de cœur ?

BERTHA

Ne me torture pas !

WAHRMUND

Comment un autre a-t-il pu te faire oublier ton devoir, ta foi, tout ? Que t'offre-t-il de plus que moi ? Dis-le ? Que t'offre-t-il de plus que moi ?

BERTHA, *à contre-cœur.*

Ma vie était sans intérêt. Tu n'as pas pensé à me développer intellectuellement.

WAHRMUND

Ah ! Voilà ton grief ! Oui, en effet, je ne suis pas un hâbleur mielleux. Je suis un homme d'action. Je ne tourne pas des phrases sur le Réalisme et sur le théâtre de l'avenir. Tout ce caquetage ne me paraît pas valoir une minute de mon temps. Mais t'ai-je jamais défendu de t'occuper de ces niaiseries ? Tu as pu t'entourer de tout ce qui pouvait te développer intellectuellement. T'ai-je jamais interdit, par jalousie, de fréquenter les gens qui te serinaient toutes ces balivernes esthétiques, nécessaires, paraît-il, à ton bonheur ?

BERTHA

Peut-être est-ce là précisément le mal. Tu ne m'as pas gardée.

WAHRMUND

Ah ! Je devais monter la faction autour de toi ? Mais tout à l'heure tu ne voulais pas être une esclave. Maintenant te voilà tout d'un coup une odalisque de harem, et il faut peut-être que j'entretienne des eunuques pour te garder ! Quand on est, comme tu t'en vantes, « une créature humaine autonome », on se garde soi-même. Je ne suis pas un pacha turc. Je suis un négociant chrétien. J'ai confiance en ma femme, parce que j'ai de l'estime pour elle. Si je ne peux avoir confiance en ma femme, il est plus simple et plus sûr de la jeter à la porte que de la garder.

BERTHA

Maintenant, tu m'as sans doute dit tout ce que tu avais sur le cœur. Je t'en prie, laisse-moi partir.

WAHRMUND

Je ne te retiens pas. Tu peux partir. Tu n'es plus désormais pour moi qu'une étrangère. Ta vue me rappelle seulement que tu as souillé cette maison. (*Bertha se lève pour partir.*) Encore un mot pourtant. Les enfants, que deviendront-ils ?

BERTHA

(*Elle tressaille.*)

Les enfants ? Je les prends, s'ils sont une gêne pour toi. Je me chargerai d'eux.

WAHRMUND, *d'un ton plein de mépris.*

Tu ne sais pas ce que tu dis. Mes enfants, c'est moi qui m'en charge. Ce n'est naturellement pas de cela qu'il s'agit. Nos enfants sont des filles, me comprends-tu ? Alors, la façon dont leur mère se conduit n'est pas indifférente. La réputation de leur mère est la plus grande partie de leur dot. Dans douze, treize ans, on devra songer à les marier. Le monde ne sera pas encore converti à tes belles théories du droit d'aimer : je l'espère du moins. Je ne veux pas qu'on les montre au doigt et qu'on se dise tout bas à leur passage : « Voici les filles de la femme qui... qui a quitté son mari pour... pour... » enfin, le reste, tu le sais. (*Il fait quelques pas du haut en bas de la scène.*)

BERTHA

Mes enfants n'auront pas à rougir de moi.

WAHRMUND

Ce n'est pas mon avis. Mais il y a pourtant un moyen de fermer la bouche aux gens. Il n'y en a qu'un seul. C'est pourquoi il faut encore que je te demande : que comptes-tu faire ?

BERTHA

Ne t'occupe pas de moi.

WAHRMUND

Tu me comprends mal. Pour moi, je ne m'occupe pas le moins du monde de toi. De toi à moi, tout est fini. Je ne parle qu'au nom des enfants. Sans doute, tu vas aller trouver ton substitut? (*Bertha se tait.*) Je suppose qu'il t'aime (*Bertha se tait.*) et qu'il te respecte assez, malgré ta conduite à mon égard, pour t'épouser.

BERTHA

Tu peux en être certain.

WAHRMUND

Bien. S'il t'épouse, le monde ne pourra au moins rien reprocher à nos enfants. Toi, tu auras toujours détruit leur nid, à ces pauvres petits êtres, tu auras déchiré leur famille; mais nous pouvons espérer qu'ils n'en auront pas conscience, au moins pendant les années de l'enfance.

BERTHA

L'amour de leur mère ne leur manquera jamais.

WAHRMUND

L'amour de leur père non plus. Mais ce sont là deux moitiés qui sont loin de valoir un entier. N'en parlons pas. Il me reste un devoir à remplir, de régler cette affaire.

BERTHA

Quelle affaire?

WAHRMUND

Ton nouveau mariage. Il faut que nous nous entendions à ce sujet, le substitut et moi.

BERTHA, *vivement.*

Je ne veux pas! Ne t'en mêle pas! C'est notre affaire!

WAHRMUND

Je ne le fais pas pour mon plaisir. Ce sera tout aussi écœurant pour moi que pour vous. Mais c'est indispensable. Pour que tu te remaries, il faut d'abord que nous divorcions. Il faut un procès pour cela. Je ne veux pas de scandale. Il faut faire tout pour l'étouffer. Mais ce n'est possible que si le substitut et moi nous agissons d'accord. Je suis prêt à faire tout le nécessaire pour faciliter le divorce. Mettons-nous d'accord sans perte de temps sur ce qu'il y a à faire. Le substitut est chez lui. Envoie Minna le prier de descendre tout de suite.

BERTHA

Je ne le ferai pas.

WAHRMUND, *d'un ton de menace.*

Il faut que tu le fasses. Tu as désolé ma vie. Je veux au moins me dépêtrer vite de toutes ces ruines. L'explication doit avoir lieu. Que ce soit tout de suite.

BERTHA

Tu vas être violent. Tu vas vouloir te venger. Je ne veux pas l'attirer dans un guet-apens.

WAHRMUND, *d'un ton amer.*

Ta sollicitude pour lui est touchante. Mais tu peux être tranquille. Je ne veux pas de scandale, tu le sais. C'est ce qui le protège contre moi. Je traiterai la question avec lui froidement, comme une affaire. J'exige simplement de lui la déclaration qu'il t'épousera. Envoie chez lui. (*Bertha reste assise.*) Si tu ne veux pas bouger... (*Il va à la cheminée et sonne.*)

BERTHA, *anxieuse.*

Que fais-tu ?

WAHRMUND, *durement.*

Minna va venir. Tiens-toi. Je ne veux pas de cancans de domestiques, aussi longtemps qu'on peut les éviter.

SCÈNE II

LES PRÉCÉDENTS, MINNA

MINNA

(*Elle entre par la porte du fond, et s'arrête sur le seuil. Après un instant de silence.*)

Madame a sonné ?

BERTHA, *avec effort, d'une voix étouffée.*

Minna... ayez la bonté... voyez donc...

WAHRMUND, *retenant sa colère, durement.*

Montez chez Monsieur le substitut Bardenholm, et dites-lui de descendre un instant. Madame l'en prie.

MINNA

(*Elle regarde d'abord Wahrmund, puis Bertha.*)

Bien, Monsieur.

(*Elle sort.*)

SCÈNE III

BERTHA, WAHRMUND

WAHRMUND

(*Il monte et descend la scène, après un silence.*)

Le droit d'aimer ! Ah ! tu as cru m'aimer, moi aussi. Tout au moins, tu me l'as dit, lorsque nous nous sommes fiancés. Et sans doute alors tu n'as pas menti. Tu t'es trompée. Je te souhaite de ne pas te tromper de nouveau. Il ne faut pas se tromper deux fois, autrement ton droit d'aimer change de nom et s'appelle tout autrement. Enfin, espérons que tu seras heureuse avec ton substitut. (*Amèrement.*) Il pourra te développer intellectuellement, bien mieux que moi. Il est plus galant aussi. L'homme qui fait la cour l'est toujours. Pourvu seulement qu'il le reste ! Le mari ne peut pas lutter avec l'homme qui fait la cour. Si un peu de reconnaissance, un peu de sentiment du devoir de la femme ne lui viennent pas en aide, il est forcément vaincu. Enfin ! (*Il fait un mouvement de la main*) passons !

SCÈNE IV

LES PRÉCÉDENTS, MINNA, BARDENHOLM

MINNA

(*Elle ouvre la porte du fond, sans entrer.*)

S'il vous plaît !

BARDENHOLM

(*Il entre vite; Minna ferme la porte derrière lui ; à la vue de Wahrmund il reste surpris.*)

Ah ! je croyais — je ne voudrais pas déranger, M. Wahrmund.

(*Il fait mine de s'en retourner.*)

WAHRMUND

Vous ne dérangez pas. Restez, je vous prie, nous avons à causer sérieusement.

BARDENHOLM

(*Il tressaille, puis se ressaisit vite.*)

Dans ce cas, veuillez m'excuser. J'ai quelqu'un chez moi, un travail important... Une autre fois, si vous le voulez bien.

(*Il veut partir.*)

WAHRMUND

(Il se place vite entre la porte et Bardenholm, le dos tourné vers la porte et face à Bardenholm.)

Vous devinez évidemment. Alors, allons droit au fait. Je sais tout.

BARDENHOLM

(Il recule d'un pas, regarde fixement Wahrmund, puis, redevenu maître de lui-même.)

M. Wahrmund, je suis à vos ordres.

WAHRMUND

Vraiment ! Et vous croyez qu'avec cela tout est dit !

BARDENHOLM

Je vous le répète : je suis prêt à vous donner la satisfaction que je vous dois. Cela nous dispense de prolonger cette scène.

WAHRMUND

C'est cela. Très correct. Aller sur le terrain. Très crâne. Un duel avec un mari trompé vous rendra tout à fait irrésistible. Non. Monsieur le substitut, la question mérite d'être traitée sérieusement.

BARDENHOLM

Je crois que je suis sérieux !

WAHRMUND

Moi, je ne le crois pas. Je veux encore admettre que vous êtes un homme d'honneur, quoique vous ayez indignement abusé de mon amitié.

BARDENHOLM

M. Wahrmund, je vous prie...

WAHRMUND

Étant homme d'honneur, vous devez savoir ce qui vous reste à faire.

BARDENHOLM

Je vous l'ai déjà dit : quand vous voudrez, où vous voudrez, aux conditions que vous voudrez...

WAHRMUND, *avec une explosion de colère.*

Assez de ces sottises à la fin. Je fais appel à votre conscience, et vous me répondez par le code des gens du monde. Ce n'est pas avec des pistolets que vous réparerez votre crime. Et tout d'abord, ce n'est pas tant à moi que vous devez une réparation qu'à cette femme, dont vous avez détruit l'existence.

BERTHA

(*Jusqu'alors elle a tenu les yeux fixés devant elle, profondément accablée et sans paraître prendre part à ce qui se dit autour d'elle. Elle pousse un profond soupir et lève le regard sur Bardenholm.*)

WAHRMUND

Vous n'avez pas encore eu un mot pour votre victime. Vous n'avez pas encore demandé ce que j'avais décidé à son sujet.

BARDENHOLM

Mais je n'ai guère le droit de...

WAHRMUND

Que vous devenez scrupuleux pour vos droits ! Aviez-vous le droit de tromper lâchement un ami qui avait en vous une confiance sans bornes ? Aviez-vous le droit de me voler à moi ma femme, de voler aux enfants leur mère ?

BARDENHOLM

Si vous employez de semblables expressions...

(*Il veut s'en aller*).

WAHRMUND, *d'un ton menaçant.*

Vous ne bougerez pas d'ici, avant que je sache comment vous

voulez faire votre devoir envers ma femme. (*Amèrement*). Je dis encore « ma femme », par un reste d'habitude.

BARDENHOLM, *qui a retrouvé son sang-froid.*

Ah! mais, je ne sais pas ce que vous attendez au juste de moi.

WAHRMUND

Vous avez déshonoré cette femme. On peut rendre l'honneur à une femme mariée, comme on peut le rendre à une jeune fille séduite. Et de la même manière : en l'épousant. Je suppose que vous êtes prêt à le faire.

BARDENHOLM

(*Il fait un geste d'étonnement.*)

WAHRMUND

Au fond de vous-même, vous riez, sans doute, de cette situation comique : un mari qui veut marier sa femme à un autre ! Mais attendez ! Tout à l'heure cela va devenir assez sérieux pour vous : voulez-vous remplir votre devoir vis-à-vis de votre victime ?

BARDENHOLM

(*D'un ton froid et un peu ironique.*)

Madame votre épouse vous sera sans doute peu reconnaissante de votre intervention.

WAHRMUND

C'est le cadet de mes soucis. Je remplis un devoir. Je parle comme avocat de mes enfants : ils ne doivent pas avoir pour mère une femme chassée par son mari. Si vous faites votre devoir, vous me trouverez tout disposé à m'entendre pacifiquement avec vous. Après tout, je ne me reconnais pas le droit de retenir ma femme de force. Elle n'est pas ma chose. C'est un être libre. Qu'elle suive son inclination. Vous l'emportez sur moi dans son cœur, je vous cède la place. Je ne veux pas être un obstacle à votre bonheur. Je consens à la séparation. Devant la justice, j'accepte de passer pour le coupable ; je veux bien me laisser condamner. De cette façon, la chose pourra être arrangée comme une simple formalité, sans scandale. Les enfants passeront chaque année tour à tour six mois avec leur mère et six mois avec moi. (*Un silence.*) Eh bien ?

BERTHA

(*Elle regarde Bardenholm avec anxiété.*)

BARDENHOLM, *évitant son regard.*

Vous ne supposez pas, je pense, que je puisse ainsi, à l'improviste...

WAHRMUND

(*Il l'interrompt violemment.*)

Il me semble que vous avez eu tout le temps de vous préparer à la situation actuelle. Vous n'avez pu un seul instant douter que je chasserai ma femme aussitôt que j'apprendrai la vérité. Allez-vous l'abandonner, maintenant que vous lui avez fait perdre son foyer et sa famille ?

BARDENHOLM

C'est une affaire à régler entre Madame et moi. Ce n'est pas ici l'endroit... (*Il veut partir.*)

WAHRMUND

(*Il se dirige vers la porte d'un air menaçant.*)

Vous faufiler ? Non, non. D'abord, il faut conclure !

BARDENHOLM

Si vous me mettez le couteau sur la gorge, je me défendrai. Ce n'est pas par la violence que vous obtiendrez rien de moi.

BERTHA, *d'une voix étouffée.*

Assez. Laisse-le partir.

BARDENHOLM

Et, de plus, tout cela devant Madame!

BERTHA

(*Se lève péniblement et veut partir.*)

WAHRMUND

Non, non, (*Avec ironie.*) « Madame » restera là. Elle est une « créature autonome », comme elle aime à le dire. Elle se doit à elle-même d'être présente à un entretien, où sa destinée est en discussion.

BARDENHOLM

Je n'ai rien à discuter. J'ai été, à ce qu'il me semble, attiré ici dans un guet-apens.

BERTHA, *à voix basse.*

Pas par moi.

WAHRMUND, *vite.*

Par moi seul. Je voulais en finir, si possible, sans scandale. Eh bien?

BARDENHOLM

Au premier moment d'irritation, vous parlez de chasser. — Je comprends cela. — Mais quand vous serez redevenu calme.....

WAHRMUND, *contenant avec peine sa fureur.*

Pas de fioritures. Êtes-vous prêt à épouser la femme que vous avez déshonorée?

BARDENHOLM

Ah! ça — mais — à quoi pensez-vous, vraiment? — Comment pourrais-je, dans ma situation.....

WAHRMUND

Dans votre situation? Je devine. Je me ferai condamner au paiement d'une pension suffisante. Pour l'entretien de mes enfants.....

BARDENHOLM

(*Il garde le silence pendant quelques instants; puis hésitant.*)

Sans doute, cela faciliterait les choses. Au fond, c'est bien désagréable aussi de prendre de l'argent de vous. Il est vrai que ce serait pour vos enfants..... Enfin, laissez-moi un peu de temps. J'ai besoin de me ressaisir. Je dois à ma dignité de ne pas paraître céder à la contrainte. Il faut que je puisse venir librement devant vous...

(*Il fait un pas vers Bertha et fait le geste de lui tendre la main.*)

BERTHA

(*Elle pousse un cri, se lève brusquement et s'écarte.*)

Ne me touchez pas!

BARDENHOLM, *vexé.*

Ah!... Alors... (*à Wahrmund*) Vous voyez...

BERTHA

Assez! Sortez! Sortez!

(*Elle tombe sur une chaise et se cache le visage dans ses mains.*)

WAHRMUND, *d'une voix dure.*

Il est trop tard. Il t'a paru assez bon pour être ton amant : Il doit être assez bon pour être ton mari. Tant pis, si ce n'est qu'aujourd'hui que tu sens sa goujaterie.

BARDENHOLM

Monsieur, je vous ai offert la réparation d'usage entre gens d'honneur. Il ne saurait me convenir, d'avoir, à la manière des porte-faix.....

WAHRMUND

N'insultez donc pas d'honnêtes porte-faix, canaille comme il faut que vous êtes!

BARDENHOLM

L'homme qui refuse de se battre ne peut pas insulter.

WAHRMUND, *éclatant.*

Mais il peut vous rompre bras et jambes !

(Il veut se jeter sur lui, poings levés.)

BERTHA

(Elle se jette entre eux en poussant un cri, et s'attache aux poignets de Wahrmund.)

Non, non ! — Laisse-le, mais qu'il parte, qu'il parte !

WAHRMUND

(Il cherche à se dégager, et poursuit Bardenholm, entraînant pendant quelques pas Bertha qui s'est jetée à genoux.)

A la porte, misérable polisson !

BARDENHOLM

(Il a gagné la porte et s'échappe.)

Espèce de bonnetier !

(Il sort et referme violemment la porte.)

SCÈNE V

BERTHA, WAHRMUND

BERTHA

(Elle lâche Wahrmund, se laisse tomber à terre et se traîne jusqu'au meuble de milieu, où elle s'écroule.)

WAHRMUND

(Il fait rapidement quelques pas dans la chambre, puis il va à la fenêtre et l'ouvre brusquement.)

Après le passage d'un pareil gredin, il faut renouveler l'air. *(Il se penche pendant quelque temps au dehors. Puis il se retourne et s'essuie le front avec son mouchoir.)* Eh bien ! éprouves-tu maintenant assez de dégoût pour ton galant chevalier ?

BERTHA

(*Elle semble sortir d'un rêve; d'une voix faible.*)

Pas pour lui : pour moi ! (*Elle se lève, va lentement jusqu'à l'armoire à glace et l'ouvre. Les mains tremblantes, elle en retire du linge; il en tombe une partie à terre, elle le ramasse et le pose sur le fauteuil.*)

WAHRMUND

(*Il la regarde pendant quelque temps, le dos appuyé au mur du fond et les bras croisés.*)

Qu'est-ce que tu fais ?

BERTHA, *d'une voix faible, sans se retourner.*

Je prends mes effets.

WAHRMUND

Pourquoi faire ?

BERTHA

Puisque je m'en vais...

WAHRMUND

Où cela ? Chez maman ?

BERTHA, *vivement, et cessant de ranger.*

Oh non ! Je ne lui ferai pas cette douleur.

WAHRMUND

Ah ! quoi, alors ?

BERTHA, *hésitante, les yeux baissés.*

Je ne sais pas encore. Je veux ne plus être vue de toi, d'aucun de ceux qui m'ont connue. Je vais chercher à me placer comme institutrice, comme femme de charge, comme bonne d'enfants. Je ne sais pas ! (*Elle reste immobile, les yeux fixés devant elle*).

WAHRMUND

(*Il fait quelques pas dans la chambre, tantôt vite, tantôt lentement; puis il s'arrête devant Bertha. Lentement.*)

Ah ! Tu veux diriger un ménage. Tu veux soigner et élever

des enfants. Je vais te faire une proposition. Soigne et élève tes propres enfants. Dirige ton ménage à toi.

BERTHA

(*Elle le regarde les yeux grands ouverts, retenant son souffle.*) Ah ! Tu... (*Elle court vers lui*). Tu pardonnes ?

WAHRMUND

(*Il fait vivement un pas en arrière et d'un geste énergique de la main, il arrête Bertha. D'un ton dur.*)

Tu te trompes ! (*Bertha laisse tomber sa tête et ses bras d'un geste découragé.*) Je ne pardonne pas. Tu ne m'as pas compris. Je vais t'expliquer ma pensée. (*Bertha tombe sur un fauteuil. Wahrmund marche jusqu'à elle et lentement, il laisse tomber les mots, prenant une sorte de volupté à se torturer lui-même.*) Ce que je t'offre n'est pas le pardon : c'est une dure expiation, une expiation terrible. Tu resteras ici. Pour le monde, rien n'aura changé. Tu seras toujours Madame Wahrmund. Tu t'asseoiras toujours à la même table que moi. Mais entre nous deux il y aura ta faute comme un spectre. Pour moi, tu ne seras qu'une étrangère, et je serai un étranger pour toi. Toi, qui as horreur de la dissimulation, tu seras forcée de jouer une comédie pénible, intolérable, devant tout le monde, devant les enfants, devant ta mère même. Tu te tiendras dans la même chambre que le mari que tu as trompé, qui te juge, et tu ne pourras échapper à ses regards. Tu iras avec moi dans le monde, tu sentiras que mon bras voudrait se retirer avec dégoût du tien, et tu devras avoir l'air d'être gaie. Ta maison sera pour toi une prison. Tu ne voulais pas être une esclave : tu seras l'esclave de ta faute. Tu vois, je ne te cache rien ; je n'embellis rien. Tu souffriras amèrement. Moi aussi, je souffrirai, car pour moi aussi, ce sera une torture continuelle, d'avoir, à ta vue, à me souvenir de tout, d'avoir autour de moi le simulacre d'un bonheur qui est perdu, (*il lutte contre une pensée qui semble germer en lui, et insiste*), perdu à tout jamais. C'est un supplice d'enfer ! Et, pourtant, moi, je ne l'ai pas mérité. Mais je sais pourquoi je l'impose à toi et à moi. C'est à cause des enfants. Il ne faut pas qu'elles s'aperçoivent de rien. Il faut qu'elles continuent à rêver leur doux rêve enfantin de paix et de bonheur. Car, vois-tu, quand on a des enfants, on leur doit tout, même sa vie. Tu n'y as pas réfléchi. Sacrifie-toi maintenant pour elles. Que ce soit là ton expiation. Peut-être la trouves-tu trop dure ! Puise de la force dans cette pensée, qu'au moins les enfants te respecteront encore, si moi je ne puis plus le faire ! As-tu le courage d'assumer ta croix ?

BERTHA, *cachant son visage entre ses mains.*

Je ne peux pas. C'est trop dur !

WAHRMUND

Pense aux enfants !

BERTHA, *même jeu.*

La mort : voilà la solution !

WAHRMUND, *d'une voix sourde.*

Pour toi, pas pour les enfants.

(*Un silence.*)

BERTHA

(*Elle éclate en sanglots.*)

Fais de moi ce que tu voudras. J'expierai... jusqu'à ce que tu me pardonnes.

WAHRMUND

(*Il fait de la main un signe de refus. On entend les enfants entrer dans l'antichambre et crier gaiement : « Où est maman ? »*)

(*Il pose la main sur l'épaule de Bertha, et lui dit vite :*)

Remets-toi. Il ne faut pas que les enfants te voient ainsi.

BERTHA

(*Elle tressaille, reste un instant comme égarée, puis elle s'essuie les yeux avec la main et sort en chancelant.*)

WAHRMUND

(*Il la suit un instant des yeux, jusqu'à ce qu'elle ait fermé la porte sur elle; alors il s'écroule lentement sur une chaise, et se cache le visage dans ses mains.*)

RIDEAU.

ACHEVÉ D'IMPRIMER

le 30 septembre 1898

PAR LES IMPRIMERIES CERF

A VERSAILLES

www.ingramcontent.com/pod-product-compliance
Ingram Content Group UK Ltd.
Pitfield, Milton Keynes, MK11 3LW, UK
UKHW020114240726
13926UKWH00011B/1462